Mitzi Irsaj

Nix mit Amore

AF216275

Aus dem Inhalt

Auswandern ist etwas für Abenteurer. Menschen, die alles hinter sich lassen, um in einem fremden Land neu anzufangen, müssen mutig, unerschrocken und neugierig sein. Sie brechen auf, um die brennende Sehnsucht in ihren Herzen zu stillen. Das Unbekannte lockt sie und das Vertraute langweilt sie. Dort wo andere noch vorsichtig um die Ecke blicken, rennen sie getrieben vom Fernweh schon los. Sie gehören zu den Menschen, die Hindernisse als Herausforderungen bezeichnen und Stillstand als Zumutung empfinden. Auswanderer vereinen so ziemlich alles in sich, was ich nicht habe. Sie sind wie mein Freund. Er hat mir gezeigt, dass es Momente im Leben gibt, in denen man einfach springen muss. Ins kalte Wasser, über den eigenen Schatten und über die Alpen. Dorthin, wo das Herz schneller schlägt.

Eine turbulente, humorvolle Erzählung über Freundschaft, Sehnsucht und dem Abenteuer eines neuen Lebens unter der Sonne Italiens.

Mitzi Irsaj

Impressum

1. Auflage 2019
Copyright © 2019 Mitzi Irsaj
Rathausstraße 5, 82024 Taufkirchen

Umschlaggestaltung: Constanze Kramer
www.coverboutique.de

Bildnachweis:
©PUNTOSTUDIOFOTO Lda,
stock.adobe.com
©stevanzz, stock.adobe.com

Satz: Constanze Kramer
www.coverboutique.de

Herstellung und Verlag:
BoD – Books on Demand, Norderstedt
ISBN 978-3-749446-76-6

Bibliografische Information der Deutschen Nationalbibliothek.
Die Deutsche Nationalbibliothek verzeichnet diese Publikation in der Deutschen Nationalbibliografie.
Details sind unter www.dnb.d-nb.de abrufbar.

M.K.
Ti voglio un mondo di bene.

Inhalt

468 Tage

Dass ich nach Italien gehen würde, ahnte ich in dem Moment, als die Bremslichter eines kleinen, vollgepackten Fiats das letzte Mal aufleuchteten, bevor er um die Ecke bog. Meinem Freund, dem das Auto gehörte, hatte ich erst eine Stunde zuvor noch versichert, dass ich nie aus München wegziehen würde. Niemals würde ich meine Heimat, meine Freunde und meine Familie wegen eines Abenteuers mit ungewissem Ausgang zurücklassen. Ich war mir sicher. Bis die Bremslichter aufleuchteten.

Im ersten Moment war es nur das kurze Aufblitzen eines Gedankens. Warum eigentlich nicht? Ein paar Minuten später, als ich an der Trambahn-Haltestelle saß und mir die Augen ausheulte, weil mein Freund München gerade für immer verließ, begann ich, das erste Mal konkret darüber nachzudenken. Sehr rational war es nicht, denn in meinem Magen lag ein schwerer, eiskalter Brocken, und ich bekam vor lauter Vermissen und Ihnzurückwünschen kaum noch Luft. Er musste in etwa am Brenner, an der Grenze zu Italien, gewesen sein, als ich mir ausrechnete, wie viele Scheine pro Semester ich schreiben musste, um das gerade erst begonnene Studium schnellstmöglich hinter mich zu bringen. Dieser Gedanke war schon etwas klarer, und der Brocken in meinem Magen zwar noch schwer, aber nicht mehr ganz so kalt.

Sein erster Anruf aus Italien erreichte mich einige Stunden später. Er sei gerade auf der Fähre nach Elba. Während ich auf das erste Lebenszeichen von ihm gewartet hatte, war ich gar nicht erst nach Hause gefahren, sondern hatte mich bereits in der Nähe des Hauptbahnhofes für einen Intensiv-Italienischkurs eingeschrieben. Am selben Abend hängte ich an der Wand neben meinem Bett ein großes Blatt mit den Zahlen von 1 bis 468 auf. Während ich die Zahlen, eine nach der anderen, in endlosen Reihen daraufgeschrieben hatte, wusste ich es bereits. Ich würde München verlassen. Am Tag nach dem Fortgang meines Freundes strich ich die erste Zahl durch. Mein Magen war wieder leer und von allen schweren Steinen befreit. Einfach so, weil es manchmal ganz einfach ist. Er, der Mutige und Entschlossene, ist nicht für immer fortgegangen. Er war nur vorausgegangen. In 467 Tagen würde ich ihm folgen. Ein Entschluss, den ich spontan und im Moment größter Traurigkeit gefasst hatte und der mein Leben grundlegend und unwiderruflich verändern sollte. Falls Sie sich fragen, wie ich auf genau 468 Tage gekommen bin ... ein Taschenkalender und hoffnungslose Selbstüberschätzung. In 468 Tagen, so dachte ich, würde ich mein BWL-Studium inklusive Diplomarbeit locker schaffen. Eigentlich nur 460 Tage. Aber acht Tage reservierte ich mir für unvorhergesehene Zwischenfälle, und außerdem ist die Acht meine Glückszahl.

Micha

Micha und ich lernten uns ein knappes Jahr zuvor bei der Arbeit kennen. Um mein Studium zu finanzieren, jobbte ich in einem Callcenter, dessen größter Vorteil die Nähe zur Uni war und in dem man studentenfreundlich auch an den Wochenenden arbeiten konnte. Der halbe Campus tummelte sich hier, aber einer stach hervor. Während seiner Schichten lümmelte Micha fast bewegungslos im Stuhl und führte Telefonate, in denen er minutenlang im Abstand von einigen Sekunden nur „ja" sagte, ohne dabei den Tonfall zu ändern. Während der Rest der Belegschaft sich wild gestikulierend und häufig stehend mit den Kunden herumärgerte, blieb er ruhig. Nur sein Gesicht, das sprach Bände. Ich konnte es stundenlang beobachten und fragte mich, wie man in einem Moment so unglaublich schlecht gelaunt dreinschauen und sich im nächsten, zwischen zwei Telefonaten, fröhlich grinsend eine Handvoll Gummibärchen in den Mund stecken konnte. Ich mochte ihn, noch bevor ich ein Wort mit ihm gewechselt hatte.

Er war der, der mit den Händen in den Hosentaschen nur herzhaft lachte, als ich einen halben Liter Cola verschüttete. Während alle anderen hektisch versuchten, mich, den Tisch und die Tastatur wieder trockenzutupfen, saß er ruhig neben mir und grinste. Er war auch der, der mir mitten in einem Kundengespräch eine Kirsche in den Mund steckte und dafür sorgte, dass ich fast erstickte. Ob ich mich ernsthaft in ihn verliebt hätte, weil er mich auslachte und mich fast ersticken ließ, fragten meine Freundinnen, und ich zuckte mit den Schultern. Ja. Auch. Und wegen unzähliger anderer Kleinigkeiten. Wegen grüner Augen, brauner Locken und einem spitzen Eckzahn. Wegen seiner warmen Herzlichkeit, die einer Umarmung glich, und dem sanften, liebevollen Spott, mit dem er mir gerne den Spiegel vorhielt und mich so lange angrinste, bis ich ihm in die Rippen boxte. Vielleicht aber auch, weil er mir von Anfang an sagte, dass er nicht mehr lange hier sein würde. Und Dinge, von denen ich wusste, dass sie enden würden, übten schon immer einen ganz besonderen Reiz auf mich aus. Ich hinterfragte es nicht. Ich mochte ihn einfach.

Unsere Beziehung stand von Anfang an unter einem außergewöhnlichen Stern. Es muss ein Stern gewesen sein, der mit einem sehr speziellen Humor gesegnet war. Anders ist es nicht zu erklären, dass er sich zwei besonders große Sturköpfe aus der Masse paarungswilliger Singles herauspickte und sie ungeachtet der Vereinbarkeit ihrer Vorstellungen und Pläne zusammenwürfelte. Er suchte sich eine junge Frau aus, die mit ihrem Leben im beschaulichen München recht zufrieden war, sich ihren Studienplatz hart erkämpft hatte und die ihre Komfortzonen nur äußerst widerwillig verließ. An ihre Seite setzte er einen jungen Mann, der sich durch eine besondere Kompromisslosigkeit auszeichnete und neben einem klugen Kopf und einem weichen, loyalen Herzen vor allem mit einer großen Portion Ruhelosigkeit ausgestattet war. Dann gab er ihnen an einem warmen Sommerabend eine Handvoll Kirschen, schickte sie gemeinsam in den Pausenraum ihres Büros und lehnte sich zufrieden zurück.

Ich unterstelle diesem Stern, dass er Amor, dem seltsamen, fetten Putten, aufmunternd auf die Schulter klopfte, und beide gemeinsam beschlossen, dass es recht amüsant werden würde, diese zwei jungen Menschen eine Weile zu beobachten. Sie sollten Recht behalten. Sicher hätte es einfachere Konstellationen gegeben und ganz sicher waren wir nicht die perfekte Paarung, aber die tief empfundene Freundschaft, die uns bis heute verbindet, besteht seit der ersten gemeinsamen Pause, in der wir uns eine Handvoll Kirschen geteilt haben.

Dass er bald nach Italien auswandern wollte, wusste ich von Anfang an. Man könnte vermuten, dass eine solche Aussage dazu führt, eine sich anbahnende Beziehung auf den Prüfstand zu stellen. Das tat es nicht. Ich war jung und änderte seine Aussage gedanklich einfach ein wenig ab. Irgendwann, in vielen Jahren, vielleicht, noch gar nicht sicher, wollte der Mann, in den ich mich verliebt hatte, in Italien, das ja gar nicht so weit weg ist, leben. So viele noch unausgegorene Pläne kümmerten mich wenig, und ich überhörte die Entschlossenheit, mit der sie ausgesprochen wurden, genauso großzügig wie die doch recht genaue Zeitangabe, die er stets einflocht.

Als er im Januar des darauffolgenden Jahres tatsächlich seine Sachen packte und München hinter sich ließ, traf es mich hart. Bis zu diesem Moment hatte ich mich geweigert, zu glauben, dass er wirklich gehen würde. Gemeinsam mit ihm hatte ich seine Wohnung ausgeräumt, hatte Kartons und Kisten gepackt und seinen Abschied mit Freunden gefeiert. Dass er wirklich alles hinter sich lassen würde, konnte ich mir dennoch bis zuletzt nicht vorstellen. Bis die Rücklichter des Fiats aufleuchteten und ich begriff, dass er wirklich gegangen war. An diesem Tag musste ich mich damit auseinandersetzen. Ich tat es, indem ich mein eigenes Leben auf den Kopf stellte und kurzerhand beschloss, dass Auswandern eigentlich eine ganz interessante Alternative war.

Als ich ihm am ersten Abend unserer künftigen Fernbeziehung am Telefon von meinem Vorhaben, in 468 Tagen nachzukommen, erzählte, hörte ich ihn leise lachen. Ob das dumm sei, wollte ich wissen, und er verneinte. Im Gegenteil, er würde sich freuen, wenn ich käme. Gerade stünde er am Hafen von Elba, und es sei doch etwas einsam ohne mich. Er erzählte von seinen ersten Eindrücken, und ich hörte ihm still zu. Kurz bevor wir das Telefonat beendeten, fragte ich ihn, ob wir es schaffen würden. Die 468 Tage und überhaupt. Wieder hörte ich ihn lachen. Wenn, dann würden nicht wir, sondern ich es schaffen müssen. Er sei ja schließlich bereits am Tag null angelangt.

Mein Freund hatte damals schon begriffen, dass man die Entscheidung, sein bisheriges Leben hinter sich zu lassen, nicht von einem anderen Menschen abhängig machen sollte. Einem anderen in ein fremdes Land hinterherzulaufen ist riskant, und das echte und eigene Glück findet man nur, wenn man aus eigenem Impuls handelt. Das alles sagte er mir damals nicht, und ich ahnte es noch nicht. Er sagte nur, dass er in 468 Tagen da sein würde. An meinem Tag null würde er mich in Empfang nehmen. Ich nahm ihn beim Wort. In 468 Tagen würde auch ich nach Italien ziehen. Die Zeit bis dahin war vielleicht die beste, auf jeden Fall aber die anstrengendste meines Lebens.

Emotionale Ausnahmezustände

Wer sich in München sein Studium selbst finanziert und nicht mehr bei den Eltern wohnt, muss verdammt viel jobben. Wer als Student dazu noch ein- bis zweimal monatlich mit dem Zug und der Fähre nach Elba fahren möchte, sollte seine sonstigen Ausgaben am besten komplett streichen. Sehr zu empfehlen ist ein Freundeskreis, der geübt darin ist, die besten Partys kostengünstig zu Hause zu schmeißen, und ein stahlharter Magen, der das billige Mensaessen verträgt, weil es häufig die einzige Mahlzeit des Tages ist. Ein guter Draht zur Fachschaft und den Kommilitonen ist ebenfalls zwingend erforderlich. Neben den entstehenden Freundschaften vor allem wegen der Weitergabe der sonst teuren Skripte, dem freien Kaffee und den gemogelten Unterschriften auf lästigen Anwesenheitslisten. Auch ein auf maximal fünf Stunden reduziertes Schlafbedürfnis ist von Vorteil, weil zwischen Jobben, den Hauspartys und den Vorlesungen kaum Zeit bleibt. Ich nahm es gerne in Kauf. Es war die eine Hälfte des Preises, die ich bezahlte, um jeden Monat etwa acht Tage in Italien bei meinem Freund zu verbringen. Die andere Hälfte war etwas schwerer.

Für emotionale Ausnahmezustände bin ich immer zu haben. Mich selbst in diese hineinzumanövrieren eines meiner Spezialgebiete. Mein Meisterstück waren diese 468 Tage. In dieser Zeit hatte ich meinen ganz eigenen einundzwanzigtägigen Zyklus. Er begann mit zehn Tagen, in denen ich zu nichts zu gebrauchen war. Arbeiten, Vorlesung, essen, schlafen, und dazwischen nur schmerzhaftes Vermissen. Eine CD in Dauerschleife. Lucio Battisti – mi ritorni in mente – in voller Lautstärke. Mein WG-Mitbewohner litt in diesen Tagen gehäuft unter Migräne, und meine Nachbarn konnten vermutlich jedes einzelne Lied auswendig mitsingen. Ich habe es nur am Rande mitbekommen und dämmerte vor mich hin, bis ich ohne den Umweg emotionaler Ausgeglichenheit in die Hochphase der Vorfreude stolperte. Sechs Tage, in denen ich mich so unbändig auf „meine" Insel und meinen Freund freute, dass mein Mitbewohner erneut an mir verzweifelte und die Nachbarn ihren unfreiwilligen Sprachkurs fortsetzten.

Lucio Battisti flog in die Ecke, und Vasco Rossi übernahm seinen Platz. Ebenso laut und ebenso penetrant immer wieder dieselben zwölf Lieder. Die Nachbarn hassten mich und schrieben böse Briefe. Tag siebzehn gehörte den Liedern von Luca Carboni. Mit ihnen im Ohr nahm ich um 23.47 Uhr den Nachtzug nach Pisa. Aus Kostengründen nie im Liegewagen, und oft auf dem Gang kauernd. In Pisa kaufte ich mir ein Cornetto con crema und einen

Kaffee (1,96 Euro und ein Stempel auf dem Kärtchen. Beim zehnten Mal gab's den Kaffee umsonst), und dann nur noch schnell mit dem Zug nach Piombino und eine Dreiviertelstunde mit der Fähre. Sechzehn Stunden ohne Schlaf und mit einer schweren Reisetasche über der Schulter. Der raue Stoff des Trägers hat mir in dieser Zeit so oft die Haut aufgeschürft, dass ich noch Jahre später einen dunklen Fleck an der Schulter hatte. Es war mir egal. Mir war alles egal, weil er am Hafen stand und auf mich wartete. Die letzten Meter rannte ich. Die Tasche fallenlassend und in seine Arme springend. Wie in einem kitschigen Film, jedes einzelne Mal. Ein paarmal konnte er seine Zigarette nicht schnell genug wegwerfen und streifte mich am Arm. Auch egal. Er musste den restlichen Nachmittag arbeiten, und ich schlafen. Nie habe ich besser geschlafen als in seinem Bett, wo alles nach ihm und der Insel roch. Elba hat einen ganz besonderen Geruch. Im Sommer eine Mischung aus heißem Teer, überreifen Tomaten, würzigem Meer und dem schweren Aroma der dortigen Vegetation. Mit geschlossenen Augen hörte ich das Knattern der Mofas, das Stimmengewirr auf der Straße, zirpende Grillen und das gleichmäßige Rollen der Wellen. Beim Einschlafen der letzte Gedanke – jetzt vier Tage unendlich glücklich zu sein, bis zurück in München der Zyklus aufs Neue begann.

Am Ende wurden es 711 Tage, bis ich selbst mit einem bis oben bepacktem Auto vor meiner ersten Wohnung in Italien stand. Es war gut, dass ich damals nicht wusste, wie lange es dauern würde. Überhaupt war es gut, vieles im Vorfeld nicht zu wissen.

Italienisch kann ja nicht so schwer sein I

Italienisch ist eine schöne Sprache. Und eine nicht allzu schwer zu erlernende Sprache. Wäre sie kompliziert und tückisch, dann würde ich sie heute nicht beherrschen, und ich beherrsche sie recht gut. Micha würde bei dieser Aussage vermutlich die Stirn runzeln. Sagen würde er aber nichts. Das kann er auch nicht, denn er weiß, dass er an meinem etwas sperrigen Italienisch nicht ganz unschuldig ist.

Kurz nachdem mein Freund seinen Wohnsitz nach Italien verlegt hatte und sich auf Jobsuche befand, und lange, bevor ich nach Italien zog, waren wir für einige Wochen in Süditalien. Wir besuchten seine Freunde, die er etwa ein Jahr zuvor auf dem Münchner Oktoberfest kennen gelernt hatte. Sie waren es, die in ihm den Wunsch weckten, nach Italien auszuwandern. Ich verstand ihn sofort. Tolle Menschen. Herzlich, liebevoll, lustig und – für mich besonders wichtig – unendlich geduldig. Vor allem die Frauen. In deren Mitte befand sich plötzlich eine junge Deutsche, die außer zu lächeln nichts zu den zahlreich geführten Gesprächen beitragen konnte. Rückblickend vermute ich, dass man mir vor allem deshalb besonders viel und besonders gute Dinge zu essen vor die Nase stellte. Hier reicht die einfachste Mimik und Gestik, um sich zu verständigen. Obwohl die süditalienische Küche hervorragend ist, hätte ich trotzdem gerne mehr von den Gesprächen um mich herum verstanden.

Das Geplapper war mir so fremd wie das Fernsehprogramm, das aus einer Handvoll immer wiederkehrender Moderatoren und etwa doppelt so vielen, sich ebenfalls immer wiederholenden Gästen zu bestehen schien. Umrahmt von gefühlten zweihundert leicht bekleideten Frauen. Es war sinnlos, Micha zu fragen worum es in diesen Sendungen ging. Er übersetzte grundsätzlich nur das, was er für wichtig und relevant hielt. Dies galt sowohl für das Fernsehprogramm als auch für die meist in der Küche geführten Gespräche. Sie können sich vorstellen, welchen Anteil eines von drei Frauen geführten nachmittäglichen Gespräches ein Mann für relevant hält? Richtig. Nach fünf Minuten, in denen drei Frauen wild gestikulierend um einen Tisch sitzend hochemotional durcheinandersprachen und er aufmerksam zuhörte, lautete seine Übersetzung wie folgt: „Der Hund ist krank." Welcher Hund? Ich bat ihn, mich aufzuklären, und er zuckte mit den Schultern. Ein Pudel, und ob mich das wirklich interessieren würde. Nicht unbedingt, aber ich vermutete, dass eher er es war, der bei so viel geballter weiblicher Kommunikationspower des Pudels Kern nicht ganz begriffen hatte.

Manchmal übersetzte er auch extra falsch, damit ich nicht neugierig nachfragte und er sich nicht länger als nötig ein Gespräch anhören musste, das ihn nicht interessierte. Er stritt es immer ab, aber ich bin mir sicher, dass ich mit meiner Vermutung richtig liege. Niemand kann über so Banales, wie er mir weiszumachen versuchte, mit einem so empörten Gesichtsausdruck wie seine italienischen Freunde berichten. Und es ist unmöglich, dass drei süditalienische Frauen nicht mehr zu erzählen hatten, als er behauptete. Noch heute bedauere ich es manchmal, in meinen ersten Wochen in Italien nicht mehr verstanden zu haben. Die Abende, die ich in wechselnden Küchen zwischen drei bis acht Frauen verbrachte, hätten mich sicher weit besser als jeder Reiseführer und jeder Ratgeber auf mein Leben in Italien vorbereitet. Vermutlich auch besser als Micha. Der winkte grundsätzlich lässig ab, wenn ich ihn mit leichten Bauchschmerzen von meiner Sorge bezüglich der Sprachprobleme berichtete. Schließlich hatte ich nur noch etwas mehr als ein Jahr, bevor ich die Sprache beherrschen musste. Er zuckte mit den Schultern. Das würde man vor Ort schon lernen. Schnell und gründlich. Kein Problem. Bei ihm würde es doch auch funktionieren.

Obwohl ich Micha für clever und klug halte, frage ich mich bis heute, wie er es so schnell schaffte, die fremde Sprache fehler- und akzentfrei zu sprechen. Schon nach ein paar Monaten hielt man ihn für einen gebürtigen Italiener und mich für seine deutsche Freundin. Eine Freundin, die man zwar verstand, bei der man sich aber automatisch bemühte, langsam und deutlich zu sprechen. Selbst als ich bereits in Italien lebte, sprach der Gemüsehändler in meinem Viertel auch nach einem Jahr noch wie mit einem Kleinkind mit mir. Die anderen Kunden hielten mich sicher für zurückgeblieben, weil er bei mir sogar die Frage nach einer Tüte grundsätzlich pantomimisch unterstrich. Erst als ich mich nach etwa zwei Jahren einmal über den Tresen beugte und ihn in einem wirklich guten Italienisch fragte, warum er eigentlich die qualitativ nicht guten Tomaten verkaufte, wo doch der Preis im Großhandel im Moment so niedrig wie seit Monaten nicht mehr sei und warum er noch keine Kirschen im Angebot hätte, antwortete er schnell und im Veroneser Dialekt. Übersetzt antwortete er: „Hä?" So wirklich ins Gespräch sind wir leider nie gekommen.

Mit allen anderen Italienern, die mir begegneten, habe ich von Anfang an geplappert. Nicht, weil ich es konnte, und nicht, weil ich besonders selbstbewusst war, sondern weil ich musste. Versuchen Sie einmal mit einem Italiener, der in Plauderlaune ist, nicht zu sprechen. Das ist unmöglich. Er lässt es nicht zu, dass Sie dem Gespräch ausweichen. Als Micha einige Wochen nach seinem Umzug nach Italien einen Job angeboten bekam, fuhren wir für eine Woche nach Elba, die Insel, auf der er sich niederlassen würde. Während er Gespräche mit seinem künftigen Arbeitgeber führte, saß ich am Meer und wartete auf ihn. Es war Ende Januar und die Insel wie ausgestorben. Fremde erkannte man sofort, und ich wurde gefühlt von jedem Einzelnen der

Inselbewohner angesprochen. Zum Glück konnte ich mit den Fragen der Einheimischen ganz gut umgehen. Die ersten drei Kapitel meines „Italienisch für Anfänger"-Buches hatte ich bereits durchgearbeitet und konnte holprig, aber grammatikalisch korrekt Auskunft über meinen Namen, mein Alter, meine Heimatstadt und meinen Studiengang geben. Grammatikalisch korrekt. Inhaltlich nicht wirklich. Micha, der eines dieser Gespräche mitgehört hatte, verzog nach dem Ende das Gesicht. „Du bist 20 Jahre alt, kommst aus Hamburg und studierst Architektur?", erkundigte er sich mit gerunzelter Stirn. Ich bat ihn, den Mund zu halten und meine Fortschritte doch bitte etwas mehr zu würdigen. Es war ein Anfang, und damals wusste ich eben noch nicht, was BWL oder München auf Italienisch heißt und konnte nur bis zwanzig zählen. Bei den Angaben, die ich machte, handelte es sich um die Beispielsätze aus meinem Lehrbuch.

Könnte ich die Zeit zurückdrehen, dann würde ich bezüglich meines Umzuges nach Italien nur eines ändern. Ich wäre mutig genug gewesen, den Frauen in jenen süditalienischen Küchen gleich am Anfang zu sagen, dass ich in ihr Land ziehen möchte. Sie hätten mir sicher gerne einen dreiwöchigen Intensivkurs verpasst, der sowohl die Sprache als auch die vielen Feinheiten des italienischen Lebens beinhaltet. So lernte ich nur, wie man eine Tomatensauce kocht. Wobei „nur" natürlich falsch ist, denn eine wirklich gute Tomatensauce zu kochen lernt man nur in Italien, und da am besten möglichst weit südlich. Die Provinz Salerno kann ich empfehlen. Als Dank habe ich mich revanchiert und für unsere Freunde etwas typisch Bayerisches gekocht. Kochen kann ich nämlich sehr gut. An dieser Stelle würde Micha ebenso die Stirn runzeln wie bei der Erwähnung meiner Sprachkenntnisse. Leider erinnert er sich noch allzu gut an das Debakel, als ich das erste Mal für italienische Freunde kochte.

Oliven mit Mordgedanken

Als man mich am Ende unseres ersten Besuches in Süditalien fragte, ob ich zum Abschied nicht etwas typisch Bayerisches kochen möchte, konnte und wollte ich nicht ablehnen. Längst hatte ich mich in das kleine italienische Städtchen Cava de' Tirreni verliebt. Sie sollten dort unbedingt einmal vorbeischauen. Nicht nur, weil dort, in der Provinz Salerno, das echte Italien beginnt (vergessen Sie Mailand, Rimini und Venedig – wenn Sie Italien wirklich kennen lernen wollen, müssen Sie mindestens einmal in ihrem Leben weiter in den Süden), und auch nicht, weil Ihnen die Schönheit der Amalfiküste Tränen in die Augen treiben wird. Selbst die besten Brioches in Maiori und die besten Cornetti in Minori sind nicht der Hauptgrund. Cava de' Tirreni müssen Sie besuchen, um dort den weltbesten Schweinebraten zu essen. Schweinsbraten alla Mitzi. Fahren Sie hin und fragen Sie danach. Die Chancen, dass man sich an mich erinnert und Sie zum Essen einlädt, stehen gut. Die Stadt hat nur knapp 50.000 Einwohner, und für gefühlte 500 von ihnen habe ich vor einigen Jahren gekocht. Wenn ich den Gerüchten glauben darf, dann hat sich mein Rezept mittlerweile verbreitet.

Als ich meiner Mutter am Telefon erzählte, dass ich für Freunde einen Schweinsbraten kochen würde, war sie zuversichtlich. Sie weiß, dass ich mir das Rezept von ihr vor langem abgeschaut habe und keine schlechte Köchin bin. Nur in Cava gab es ein paar kleine Hindernisse. Hätte ich geahnt, wie viele es sein würden, hätte ich die Bitte meiner Freunde, doch etwas typisch Bayerisches zu kochen, ohne zu zögern abgelehnt. Weil ich es aber nicht wusste und Micha und ich schon zwei Wochen in einer Drei-Zimmer-Wohnung zu Besuch waren, zuckte ich nur mit den Schultern, als er fragte, ob es ein Problem sei, für einige Freunde zu kochen. Natürlich nicht. Wenig später stand ich in der Metzgerei des kleinen Ortes. Micha hatte sich zu diesem Zeitpunkt bereits akklimatisiert und bereitete sich darauf vor, ein echter Italiener zu werden. Lektion eins: Überlasse das Einkaufen der Frau und bleibe im Auto sitzen. Dass ich noch kaum Italienisch sprach, erschien ihm als kein Hindernis, und so deutete ich mutig auf ein halbes Schwein, das im Hinterzimmer von der Decke hing. Ohne Sprachkenntnisse erfordert es die hohe Kunst der Pantomimik, um zu erklären, welches Teil des Tieres man gerne erwerben würde. Ich klopfte mir so oft auf die Schulter, dass auch der Verkäufer sich irgendwann auf die Schulter klopfte und mich vermutlich für zurückgeblieben hielt. Micha steckte kurz den Kopf durch die Tür der Metzgerei und rief mir zu, dass neben unseren Freunden auch die Nachbarn zum Essen kommen würden. Meine Frage, wie viele es werden würden, beantworte er mit einem Schulterzucken. Lektion zwei auf dem Weg zum echten Italiener: Mach dir keine unnötigen Sorgen. Ich rechnete leicht nervös mit nicht mehr vier, sondern acht Erwachsenen. Ein Braten mit Beilagen sollte reichen. Als ich die Metzgerei verließ, war die Schweinehälfte noch vollständig, und ich hielt ein schweres Stück Fleisch in den Armen, das entfernt an einen Rollbraten erinnerte und mit Streifen von Bauchspeck in Form gehalten wurde. Dass es sich um Rindfleisch handelte, war mir zu diesem Zeitpunkt schon egal, da mir auf dem Weg zum Auto mitgeteilt wurde, dass die Nachbarn zahlreicher als gedacht waren. Wir waren jetzt zu zwölft, und ich erwarb ein weiteres Stück Rindfleisch, um daraus einen original bayerischen Schweinsbraten zu zaubern.

In der Bäckerei besorgte ich das Brot für die Semmelknödel. Das heißt, ich versuchte es. Erklären Sie einmal ohne Sprachkenntnisse, dass Sie zwingend welches vom Vortag benötigen, weil sich mit frischem Weißbrot schließlich keine Knödel zubereiten lassen. Ich versuchte es wieder mit Pantomime und deute diesmal kopfschüttelnd auf ein Kind und dann nickend auf eine alte Frau. Immer im Wechsel, bis Micha mich fragte, ob ich noch ganz dicht sei und in fließendem Italienisch erklärte, was wir gerne hätten. Auch hier betrat ich den Laden ein zweites Mal, als er mich daran erinnerte, dass alle natürlich ihre Kinder mitbringen würden. Zu diesem Zeitpunkt ahnte ich bereits, dass der Abend in einer Katastrophe enden würde. Eine jener Katastrophen, die man unaufhaltsam auf sich zurollen sieht und der man nicht ausweichen kann. Es gibt nur eine Lösung. Alkohol. Ein ordentlicher Schluck Rotwein, wenn man feststellt, dass das Fleisch zwar in die Bratenreine passt, die Reine aber nicht in den Ofen. Ein weiterer, wenn man hört, wie der Freund immer wieder bestätigt, dass man in der fremden Küche keine Hilfe braucht, und noch einer, wenn beständig die Türglocke neue und unerwartete Gäste ankündigt. Ein zweites Glas, wenn man den Braten nicht mit Bier oder Wasser, sondern einem Schuss Rotwein ablöscht, und ein letztes, wenn die Semmelknödel zum ersten Mal im Leben im siedenden Wasser zu Brei zerfallen. Dann ist es Zeit für einen Grappa. Hat man diesen, nach dem Wein, intus, spricht man auch besser Italienisch. Wenn ich mich richtig erinnere, erklärte ich verschwitzt und mit glühenden Wangen, dass alles nach Plan lief, und weinte erst, als ich die Tür hinter mir schloss. Mein Freund Grappa riet mir, dass es nun an der Zeit sei, alte Familienrezepte zu vergessen und zu improvisieren.

Wenn Sie nach Cava kommen und dort Schweinebraten essen, dann wundern Sie sich nicht. Sie bekommen einen Rinderschmorbraten mit einer kräftigen Rotweinsauce, feinen Zwiebeln, stark verkochten Karotten und einer Note von frischem Thymian vorgesetzt. Überraschend lecker. Nur die Beilage in Form von Pfannkuchen ist gewöhnungsbedürftig. Diese sind mit Ricotta-Frischkäse gefüllt, und in jedem dritten ist eine Olive versteckt. Die Olive wurde seinerzeit von der

Köchin besonders liebevoll in die Pfannkuchen einge-
wickelt. Bei jeder einzelnen murmelte sie leise: „Ich
bring ihn um."

Dass ich es nicht tat, lag am Charme meines Freundes. Ein Grinsen von ihm reichte, und ich war versöhnt. Ich will ehrlich sein … ein Grinsen, eine Flasche
Rotwein, ein paar Schlucke Grappa und die Schönheit
Italiens.

Zum Glück
eine tote Möwe

Es ist leicht, sich in eine Gegend oder ein Land zu verlieben, wenn sie sich von ihrer schönsten Seite zeigen. Ungleich schwerer ist es, die Schönheit eines Ortes zu erkennen, wenn sich diese erst auf den zweiten oder dritten Blick enthüllt. Elba, die neue Heimat Michas, machte es mir nicht leicht, sie auf Anhieb zu mögen. Es herrschte ein eisiger Wind, als wir mit der Fähre vom Festland übersetzten, und nichts erinnerte bei unserer Ankunft an das, was ich mir unter einer italienischen Mittelmeerinsel vorstellte. Mitten im Januar befand sich die Insel noch im Winterschlaf, und ich erinnere mich, dass wir die ersten Minuten am Hafen sehr verloren und auch ernüchtert herumstanden. Als Deutscher ist man es gewohnt, dass sich klassische italienische Urlaubsorte so präsentieren, wie man es erwartet, und selbst wenn man sich bewusst ist, dass es auch an diesen Orten Zeiten gibt, an denen kaum Touristen zu Besuch sind, ist man überrascht von der Stille und der Leere, die man vorfindet, und auch ein Stück weit enttäuscht.

Der Hafen in Portoferraio war nicht ruhiger als erwartet, er war ausgestorben. Kein Lokal hatte geöffnet, vor keiner Bar standen Stühle und Tische, und die von der Fähre ausgespuckten Autos waren binnen Minuten verschwunden und ließen den Hafen verwaist zurück. Nur wir zwei, wir standen noch vor unserem Auto und sahen uns an. Das sollte es sein? Hier sollte der Traum von einem Leben in Italien zur Realität werden? Obwohl Elba für seine Kultur, sein Klima, seine Schönheit und seine vielfältigen Sportmöglichkeiten berühmt war, fand ich es im allerersten Moment einfach nur scheußlich. Natürlich waren die Häuser am Hafen hübsch, und natürlich kitzelte die salzige Luft angenehm in meiner Nase, aber eben nicht wie im Sommer. Die Fassaden wirkten ein wenig heruntergekommen, und unter den schönen Jodgeruch des Meeres mischten sich die Abgase der eben davongefahrenen Autos. Am schlimmsten aber war die Stille. Nach meinem letzten Italienbesuch im Süden des Landes war ich verwöhnt. Ich war es gewohnt, von Freunden herzlich und lautstark empfangen zu werden und vom ersten Augenblick an ein Urlaubsgefühl zu empfinden. Hier, wo uns niemand begrüßte, war das nicht so. Wir waren allein, und zumindest auf mich wartete auf Elba niemand. Ich war fast froh, dass ich mich zu diesem Zeitpunkt noch nicht gezwungen sah, an diesem tristen Ort ein neues Leben zu beginnen. Im Gegensatz zu Micha hatte ich ja noch ein Studium zu Ende zu bringen, bevor ich mich auf das Abenteuer einlassen würde.

Der Regen tropfte von den wenigen ausgefahrenen Markisen der Häuserzeilen, und die Wellen schlugen grau und unfreundlich gegen die Kaimauern. Nein, schön war es hier wirklich nicht, und hätte Micha nicht so grimmig der abfahrenden Fähre hinterhergeschaut – ich hätte ihn gefragt, ob er sich bei der Wahl seines Wohnortes um dessen unfreundliches Auftreten bewusst gewesen war. Eine solche Frage stellt man einem Mann, der vor einigen Wochen erst seine Wohnung aufgelöst und seinen Job gekündigt hat, besser nicht. Es war mehr sein grimmiger und zugleich entschlossener Blick als mein Feingefühl, der mich davon abhielt, etwas zu sagen. Das Hotel solle schön sein, teilte er mir mit, und täuschte sich. Vielleicht wäre es im Sommer schön gewesen. Im Winter aber waren die Zimmer kalt und feucht, das Restaurant geschlossen und wir die einzigen Gäste.

Wir versuchten es. Versuchten mit aller Kraft, etwas Schönes zu finden, und scheiterten am ersten Tag kläglich, wofür ich neben der Insel vor allem Micha die Schuld gab. An neun von zehn Tagen liefen er und ich im Gleichklang. Wie gut geschmierte Zahnräder griffen wir ineinander und ergänzten uns hervorragend. Nur am zehnten Tag, da hakte es manchmal. Steckten wir dann zu zweit in einem kalten Hotelzimmer auf einer Insel fest und wussten nichts mit uns anzufangen, dann wurde es schwierig. Unser erster Tag auf Elba war ein solcher Tag. Mit der Gewissheit im Nacken, meinen Freund an diese blöde Insel zu verlieren, versuchte ich krampfhaft, doch noch etwas Schönes zu finden. Ich betonte, dass das Hotel wenigstens einen großen Parkplatz für das Auto hatte – er sah mich nur stumm an und deutete auf die matschige Pfütze, in die er eben getreten war. Ich freute mich über das einzige geöffnete Restaurant im Ort – er entdeckte ein Schild, das uns informierte, dass heute jedoch Ruhetag war. Ich kaufte im Supermarkt etwas zu essen, präsentierte es stolz – und er erklärte mir, dass ich nach all den Monaten anscheinend noch immer nicht wissen würde, was ihm schmeckte und was nicht. Später, als wir die Insel mit dem Auto erkundeten, tauschten wir die Rollen. Micha erklärte an einem wunderschönen Strand, dass er selten etwas so Schönes gesehen hätte – und ich war beleidigt, weil er etwas schön fand, was so weit von mir und meinem Zuhause entfernt lag. Er versuchte mich aufzuheitern, indem er mich kitzelte, und ich schrie ihn an, weil ich das Gleichgewicht verlor und im Straßengraben landete. Er freute sich, trotz des kühlen Empfangs, auf sein neues Leben, und ich brach in Tränen aus, weil ich in zwei Wochen in mein altes zurückmusste. Den Abend verbrachten wir schweigend im Hotelzimmer und löschten das Licht früh und in der Hoffnung, dass der nächste Tag besser werden würde.

Es dauerte. Auch in den nächsten Tagen hieß uns Elba noch nicht willkommen. Ich holte mir blutige Blasen beim Aufstieg eines Berges, von dessen Gipfel man vor lauter Wolken und dichtem Regen nichts sah. Stundenlang liefen wir durch leere und stille Dörfer, und Micha zog schweigend die Stirn in Falten, wenn ich ihn fragte, ob es ihm auf der Insel gefallen würde. Wir hockten stumm und verstockt am Strand einer Bucht im feuchten Sand und hatten uns zum ersten Mal in unserer Beziehung nichts zu sagen. Zum wiederholten Mal spielte ich mit dem Gedanken, ihn davon zu überzeugen, dass sein Wunsch, nach Italien zu gehen, doch eigentlich ein rechter Unsinn sei und er bei mir zu Hause in München viel besser aufgehoben war. In meinem Magen hatte sich seit dem Betreten der Fähre ein dicker Kloß festgesetzt, und ich kämpfte beim Gedanken, dass uns künftig Hunderte von Kilometern trennen würden, ununterbrochen mit den Tränen. Obwohl er noch neben mir saß, vermisste ich ihn bereits und konnte mir nicht vorstellen, dass unsere Beziehung auf einer so grauen und unfreundlichen Insel Bestand haben würde. Seit unserer Ankunft stritten wir und wurden immer stiller. Wurde seine Laune besser, wurde die meine schlechter. Versuchte ich, etwas schön zu finden, schüttelte er missmutig den Kopf und beschwerte sich über einen Strand, an dem es Übelkeit erregend stank. Italien tat uns nicht gut, und dass er sich hier je heimisch fühlen würde, bezweifelte ich. Am vierten Tag stand ich entschlossen auf, klopfte mir den feuchten Dreck von der Hose und wollte es ihm gerade sagen, als er lautstark zu fluchen begann. Er hatte sich auf ein paar große Steine gesetzt, zwischen denen die Überreste einer halbverwesten Möwe lagen. Als die Feuchtigkeit durch seine Hose drang, erkannte er den Ursprung des Gestankes, der uns bereits seit einiger Zeit aufgefallen war, und sprang auf. Fluchend und knöcheltief im

35

eiskalten Meer stehend, um Hände und Hose zu waschen, schimpfte er sich in den nächsten Minuten den Frust über das miese Wetter und die noch miesere Laune seiner Freundin von der Seele. Ich tat es ihm gleich und befreite mich ebenfalls von meinem Frust. Nur tat ich es hysterisch lachend und im Trockenen stehend.

Es war der tote Vogel, der uns an diesem Nachmittag gerettet hatte. Hätte ich ihm damals gesagt, wie schrecklich ich dieses Italien finde, und ihm gestanden, dass ich mir nicht mehr sicher sei, ob das etwas für mich ist, wäre ich vielleicht noch am Abend zurück nach München gefahren und alles wäre anders gekommen. So aber wischte ich mir die Tränen des Lachens aus den Augenwinkeln, schlang die Arme um seine Taille und sah das erste Mal seit Tagen die Sonne zwischen den Wolken hervorblitzen. „Vielleicht wirst du hier doch noch glücklich", flüsterte ich ihm ins Ohr, und er korrigierte mich. Er sei bereits glücklich. Selbst wenn er es nicht gewesen wäre … zugegeben hätte er es kaum. An der Wand in meinem Flur hängt noch heute ein Foto, das ihn mit geschlossenen Augen, gerunzelter Stirn und zusammengekniffenen Lippen im fahlen Licht an diesem Strand sitzend zeigt. Ich schoss es wenige Minuten, bevor er aufsprang und zu fluchen begann. Es erinnert mich an den einzigen Moment, an dem ich mit meiner Entscheidung, nach Italien auszuwandern, haderte. Egal wie schwierig es danach noch werden sollte, an meinem Entschluss zweifelte ich nach diesem Nachmittag nie wieder.

Zwischen
zwei Ländern

Wenn ich heute an Elba denke, fallen mir unzählige wundervolle Orte, unvergessliche Momente und viele ganz besondere Menschen ein. Die Insel zeigte sich nach dem holprigen Start von ihrer schönsten Seite, und ich werde mein Leben lang mit einem Lächeln auf den Lippen an diese Zeit zurückdenken. Verklärt durch die Jahre, die mittlerweile vergangen sind, erscheinen mir diese Monate wie ein einziger nie endender Urlaub. Obwohl ich selbst dort nie gelebt habe und immer nur zu Besuch kam, ist es noch heute „meine" Insel. Mein Sehnsuchtsort. Möchte ich mich gedanklich in diese Zeit zurückkatapultieren, dann reicht es, zu einem Bahnhof zu fahren. Fast augenblicklich stellt sich dann dieses ganz besondere Gefühl von damals ein, und ich bekomme Herzklopfen, das mich an das Fernweh von damals erinnert. Es mag seltsam klingen, aber ein- und ausfahrende Züge haben auf mich eine ähnliche Wirkung wie das Branden des Meeres am Strand. Stehe ich an einem Bahnhof, dann muss ich dort unbedingt ein paar Herzschläge lang ruhig verharren und das leichte Ziehen im Magen genießen. Dort an den Gleisen bekomme ich noch immer dieses Sehnsuchtsgefühl, das mich so glücklich und auch so unglaublich traurig machte, je nachdem, ob ich nach Italien aufbrach oder von dort zurückkam.

Der Münchner Hauptbahnhof ist hässlich. Grau, lieblos, und der Wind pfeift eisig über die Bahnsteige. Kulinarisch wird mittlerweile einiges geboten, früher aber, als ich noch regelmäßig mit dem Zug nach Italien fuhr, schmeckte nichts, und alles war unglaublich teuer. Trotzdem kaufte ich mir von meinem knappen Geld immer zwei anspruchslose Zeitungen, eine Flasche Wasser, eine Butterbreze und eine Nussschnecke. Zwölf Euro, deren Ausgabe einem Ritual glich, von dem ich nicht abweichen wollte. Über meiner Schulter hing die alte Reisetasche meines Vaters, und ich ging etwas schief, weil ich in all den Jahren nie lernte, mich auf das Wesentliche zu beschränken, und immer zu viel dabeihatte. Das Ticket kaufte ich zwischen den Zeitungen und der Nussschnecke. Mit klopfendem Herzen nannte ich dann Verona, Pisa, Mailand oder Neapel als Ziel. Die Namen der Städte änderten sich, der Grund meiner Reise nicht. Immer bestieg ich den Zug, um Micha zu besuchen. Lange im Voraus plante ich diese Fahrten nie. Die Frequenz meiner Besuche hätte von meinem Kontostand und den Prüfungsterminen an der Uni bestimmt werden müssen. Das war sie aber nicht. Manchmal stand ich in der Mensa an und bekam ganz ohne Vorwarnung Herzklopfen. Dann konnte ich vor lauter Sehnsucht nicht mehr essen. Oder ich jobbte an einem Freitagvormittag und konnte plötzlich nicht mehr richtig atmen und die Stimme blieb mir weg. Dann wusste ich, dass ich am Abend in den Zug steigen musste. Ich musste. Und wenn es bedeutete, dass ich danach pleite war oder nicht genug lernen konnte, dann nahm ich es, ohne nachzudenken, in Kauf. Sobald ich beschloss, am Abend in den Zug zu steigen, konnte ich wieder atmen, sprechen und essen. Es kam oft vor, dass ich den Zug um 23.41 Uhr Richtung Mailand nahm. Manchmal war dort die Endstation, dann dauerte die Reise nur bis 9.00 Uhr morgens, manchmal stieg ich dort um und musste noch die Fähre nehmen. Dann kam ich erst gegen 16.00 Uhr auf Elba an. Oft ging es schon 30 Stunden später wieder zurück, weil ich zur Arbeit oder in die Uni musste.

Wenn ich ein wenig Geld überhatte, dann leistete ich mir einen Platz im Liegewagen. Hatte ich Glück, waren mit mir dort alte Leute oder Paare einquartiert und der Anteil der Frauen überwog. Hatte ich Pech, dann waren es nur Männer, die schnarchten und blöd glotzten. Ich lag mit dem Kopf immer auf meiner Tasche, damit sie nicht abhandenkommen konnte, und zog die Jacke wegen der gaffenden Blicke der glotzenden Männer nie aus. Vom Einschlafen hielten sie mich aber nicht ab, die manchmal unverschämten Blicke. Das gleichmäßige Rattern ließ mich einschlafen, noch bevor ich nach neunzig Kilometern Österreich erreicht hatte. Die ersten Kilometer lag ich mit offenen Augen auf der Pritsche. Es war schön, durch eine Stadt zu fahren und zu wissen, dass man sie hinter sich ließ. Ich schloss die Augen, wenn der Zug an Oberaudorf vorbeifuhr. Dort auf dem Berg liegt die Hütte meiner Eltern, und ich sagte ihr im Vorbeifahren noch gerne Hallo. Danach schlief ich ein. Es war ein leichter Schlaf, und ich wusste fast immer, wo wir waren. Durch Österreich ging die Fahrt langsam. Der Zug ratterte gemächlich und ohne Eile. Er musste ja die Alpen hinauf, und bis zum Brenner ist die Strecke nur langsam befahrbar. Oben an der Grenze wachte ich dann immer ganz auf. Der Zug hielt lange dort, und ich stand meist kurz auf, weil ich mir einbildete, dass der erste Atemzug italienischer Luft ganz besonders roch. Heute würde ich zugeben, dass es einfach nur unglaublich stickig in dem Sechser-Abteil gewesen war. Stickig und unbequem. Den ersten Kaffee habe ich dann dort oben getrunken und dazu die Nussschnecke gegessen. Ich glaube, es war gegen halb vier, wenn der Zug sich wieder in Bewegung setzte. Im Halbschlaf hörte ich die Namen der Stationen, die mich immer näher an mein Ziel brachten: Brennero, Fortezza, Bressanone, Bolzano, Trient, Rovererto. Bis heute kenne ich manche der deutschen Bezeichnungen für die italienischen Orte nicht. Ich behauptete auch lange, den Fluss Etsch nicht zu kennen, bis mir meine Mutter erklärte, dass es der vor meinem Fenster sei. Ich wohnte damals in Verona und kannte nur die Adige.

Meine Fahrten waren Weltreisen. Weil die italienische Bahn früher noch öfter und viel spontaner streikte als heute, blieb ich oft stecken. Einmal lief ich die ganze Nacht allein durch Rom, um mir die Zeit bis zur

Weiterfahrt zu vertreiben, und einmal hing ich in einem winzigen Kaff ohne Bahnhofsgebäude fest und hockte fünf Stunden lang in einem Zug, dessen Heizung abgestellt war. Damals war ich furchtlos. Vor Jahren erzählte ich einer Freundin, dass sich einmal bei der Heimfahrt von Neapel ein Mann zu mir auf die Liege gelegt und seine Hand unter meinen Pullover geschoben hatte. Sie murmelte etwas von sexuellem Übergriff und hatte natürlich Recht. Damals aber war ich nur wahnsinnig wütend gewesen und schrie den Idioten an. Heute fürchte ich mich vor vielem, damals fürchtete ich nichts. Ich war so glücklich, wenn ich hinfuhr, und so traurig, wenn ich zurückfuhr. Damals hing ich zwischen den beiden Ländern und war immer auf dem Sprung. Emotionale Randgebiete waren mein Spezialgebiet, und ich war während dieser Monate untragbar für mein Umfeld. Immer unruhig, immer auf dem Sprung und immer von einer unstillbaren Sehnsucht nach meiner Insel und meinem Freund getrieben. Am schlimmsten muss es für meinen Mitbewohner gewesen sein. Er lebte mit einer Frau zusammen, deren Stimmung nur zwei Pole hatte – krank vor Sehnsucht oder nervtötend gut gelaunt. Beeinflussen konnte er meine Laune nicht. Sie war ausschließlich abhängig von der Anzahl der Stunden, die mich von der nächsten Fahrt nach Italien trennte. Hatte er anfangs meine Pläne, nach Italien zu ziehen, noch belächelt, so sehnte er nach einem halben Jahr meinen Umzug und damit etwas mehr Normalität auch in seinem Leben ebenfalls sehnsüchtig herbei. Ruhig und gelassen war ich damals nur, wenn ich bei Micha in Italien war.

War ich am Hauptbahnhof in München noch unruhig, nervös und vor Vorfreude hibbelig und aufgeregt, entspannte ich mich auf der Fähre nach Elba mit jeder Minute mehr und kam mit freiem Kopf an. Nie schleppte ich etwas von München mit auf diese Insel. Egal wie schwer mir eine anstehende Prüfung an der Uni im Magen lag oder wie heftig ich mich mit meinem WG-Mitbewohner auch gestritten hatte, auf Elba dachte ich nicht mehr daran. Mit dem Betreten der Insel begann ein ums andere Mal ein völlig anderes Leben. Das deutsche ließ ich beim Verlassen der Fähre hinter mir und tauchte Hals über Kopf in das italienische ein. Jeder kannte mich, und niemand empfand es als seltsam, dass eine Münchnerin ein- bis zweimal pro Monat über 800 Kilometer zurücklegte, nur um zwei bis vier Tage auf der Insel zu verbringen. Wenn man verliebt ist, dann ist es das Normalste der Welt, und ich war verliebt. In Micha und in jeden Fleck dieser Insel. Die Monate auf Elba erfüllten jedes Klischee und übertrafen meine Erwartungen an dieses Land um Längen. Tage am Strand, Abende am Hafen und durchtanzte Nächte, die nach Limoncello und vollkommener Glückseligkeit schmeckten. Es war mir egal, dass ich nie auch nur einen Cent in der Tasche hatte, weil alles, was von meinem Gehalt übrigblieb, für Zug- und Fährtickets draufging. Ich konnte mich eine Woche lang von Brot und Tomaten ernähren und begnügte mich abends beim Ausgehen mit einem Glas Cola. Dass ich es meist nicht tun musste, lag an der Großzügigkeit Michas, mit der er mich durchfütterte und sich grinsend erleichtert zeigte, dass sich mein Appetit meist in Grenzen hielt. Luft und Liebe … Sie wissen, was ich meine.

Besonders gerne fuhr ich zum Capo d'Enfola. Fast jedes Mal, wenn ich nach Elba kam, machte ich einen Abstecher an diesen Strand. Zum einen, weil er schön ist, zum anderen, weil ich mich noch immer an die tote Möwe und das erste befreite Lachen in der neuen Heimat Michas erinnerte. Dort stand ich und dachte an das große Blatt, das neben meinem Bett in München hing und auf dem die Tage bis zu meinem Umzug nach Italien notiert waren. Mit großer Freude strich ich jeden Morgen eine Zahl durch und sah mich selbst bereits am Strand von Elba sitzen. Dann aber nicht als Besucher, sondern als dauerhafte Bewohnerin dieser Insel. Ich beglückwünschte Micha zu der gelungenen Auswahl des neuen Lebensmittelpunktes, träumte mich durch den Sommer und verschwendete keinen Gedanken an den Herbst und das Ende der Touristensaison. Nicht ein einziges Mal in all den Monaten fragte ich mich, was er tun würde, wenn die Insel wieder in ihren Winterschlaf verfiel und das Büro der Segelschule bei der er arbeitete die Türen schloss. Obwohl ich um die Stille und Leere zwischen November und Februar wusste, ignorierte ich, dass seine Anstellung nur befristet war.

Erst als er mir sagte, dass er zum Jahresende einen Arbeitsplatz in Mailand gefunden und dort bereits ein

WG-Zimmer in Aussicht hatte, begriff ich, dass unsere Zeit auf Elba unwiederbringlich vorbei war. Sicher, wir konnten die Insel jederzeit besuchen, unsere Urlaube dort verbringen und all die schönen Orte aufsuchen … und trotzdem: die Zeit des nie endenden Sommers war vorbei. Egal was er mir sagte und welche Pläne wir schmiedeten, ich ahnte, dass ich mein Elba verloren hatte, und bedauerte es aus tiefstem Herzen. Obwohl es nur sieben Monate waren, in denen ich zwischen München und Elba pendelte, hatte ich im Spätherbst das Gefühl, ein Stück heimatlos geworden zu sein. Wer wollte denn schon nach Mailand? Im Norden Italiens gelegen, war es nicht viel wärmer als München, war eine Großstadt, laut, übervoll, teuer und viel zu weit vom Meer entfernt. Eine blöde Idee.

Die einzig vernünftige Idee, befand eine Freundin, die ich auf Elba kennen gelernt hatte, und fragte mich, wie ich denn um Gottes willen in ein Land ziehen konnte, wenn ich nur die schönen und sonnigen Seiten kannte. Elba ist nicht das echte Leben, sagte sie und wischte mir die Tränen von den Wangen. Elba sei ein Traum, fügte sie hinzu, und mir würde etwas mehr Realität ganz guttun. Und überhaupt, wie genau meine Pläne denn aussähen, wollte sie wissen. Meine Antwort war entwaffnend ehrlich: „Ich beende das Hauptstudium, und dann ziehe ich um und schreibe vor Ort meine Diplomarbeit." Sie lachte schallend. Ob dies mein ganzer Plan sei, fragte sie ungläubig und schüttelte dann grinsend den Kopf. Das sei kein Plan, das sei völlig verrückt und würde so ganz sicher nicht funktionieren. Am letzten Tag auf Elba gab sie mir neben ihrer Telefonnummer auch ihre E-Mail-Adresse und bat mich, sie auf dem Laufenden zu halten. Bei so viel Naivität würden es sicher lustige Erfahrungsberichte werden.

Trotzig steckte ich die Adresse ein und umarmte sie zum Abschied, obwohl ich ihr den letzten Satz doch etwas übel genommen hatte. Wenn ich mit einem gesegnet war, dann mit einer enorm großen Portion Optimismus. Sie hatte Recht. Ich musste mehr von Italien sehen, um mir ein Bild des Landes machen zu können. In Mailand würde ich damit beginnen. Wer konnte schon sagen, dass er eine Stadt nicht mochte, wenn er sie nicht erlebt hatte? Um einen ausgereiften Plan handelte es sich bei diesen Gedankengängen freilich noch immer nicht. Es war nicht meine Schuld. Wenn ich eines in den letzten acht Monaten gelernt hatte, dann war es, dass ein Paar nur schlecht planen konnte, wenn einer bereits im Ausland lebte und der andere noch zu Hause mit dem Studium beschäftigt war. Dann plante man zwei völlig verschiedene Leben und konnte nur hoffen, dass man am Ende an ein gemeinsames Ziel gelangte. Vielleicht wäre es auch leichter gewesen, wenn wir überhaupt vernünftig geplant hätten – gemeinsam. Aber das haben wir nicht. Wir hatten nur einen gemeinsamen Nenner, und der lautete: Wir haben uns wahnsinnig gern, und wir wollen in Italien leben. Dass Micha es bereits tat, sein Leben dort halbwegs vernünftig strukturieren musste und ich das Gleiche noch für viele Monate in München tun sollte, erschien mir ein wenig unpraktisch, aber nicht unmöglich.

Ein Schritt nach dem anderen. Sollte er die nächsten 254 Tage ruhig noch allein planen. Wenn ich erst einmal das Hauptstudium in der Tasche hatte, dann würde sich alles schon von ganz allein ergeben. Dann konnte man noch immer die Landkarte auf den Tisch legen und gemeinsam entscheiden wo ich meine Diplomarbeit schreiben würde. Bis dahin erschien mir Mailand wenigstens als Möglichkeit, endlich meine Italienischkenntnisse voranzutreiben. Darin scheiterte ich auf Elba nämlich kläglich. Statt selbst die neue Sprache zu lernen, brachte ich mit Hingabe und großer Geduld unseren italienischen Freunden und Bekannten Deutsch bei. Sowohl ihnen als auch mir erschien es leichter, dass sie Deutsch lernten, als sich mit meinem grausamen Italienisch herumzuschlagen. Ähnliches dachte sich im Stillen wohl auch Bruno, der in Mailand das große Glück hatte, mich als Sprachschülerin zu bekommen.

Zunächst aber nahmen mir meine Professoren an der Uni in München die Illusion, in den von mir berechneten 254 Tagen aufbrechen zu können. Die neue – deutlich realistischere Zahl – lag bei 511 Tagen. Ich hatte den Aufwand eines betriebswirtschaftlichen Studiums unter- und mein Talent für Fächer wie Wirtschaftsmathematik und Statistik gehörig überschätzt. Durch die ersten Prüfungen fiel ich mit Pauken und Trompeten. Dass ich mich etwa ein Drittel der Zeit, die Andere mit

Klausurvorbereitungen verbrachten, in Italien befand, mochte dazu beigetragen haben.

Auch mein Mitbewohner in München war den Tränen nahe. Er sah sich weitere 511 Tage mit extremsten Stimmungsschwankungen konfrontiert und begann seinerseits, die Tage bis zu meinem Umzug auf einem Kalender auszustreichen.

Sprachkurs
in Mailand

Wenn man etwas so Schönes erlebt hat, dass einen allein die Erinnerung daran sofort glücklich lächeln lässt, dann kann alles, was danach kommt, im ersten Moment nur verlieren. Wenn man mich nach der Zeit auf Elba fragte, ob mir Mailand gefiel, dann war ich nie ehrlich. Ich nickte und erzählte begeistert vom prachtvollen Dom, den schönen Einkaufsstraßen und wurde nicht müde, zu betonen, dass es mir an jedem Ort gefallen würde, solange er nur in Italien – meinem Italien – liegen würde. Außerdem, so versicherte ich, war es nun einmal die Stadt, die Micha sich ausgesucht hatte, und das Wichtigste sei doch, dass ich ihn dort besuchen konnte. Was ich verschwieg, war, dass mich Mailand sehr an München erinnerte und ich von Anfang an das Gefühl hatte, dort nicht glücklich zu werden. Nach Italien auszuwandern, um dann in Mailand zu leben, erschien mir völlig sinnlos.

Trotzdem musste ich zugeben, dass Mailand schön war. Die Innenstadt war beeindruckend und fast schon einschüchternd prächtig. Genau wie die Preise, die dort verlangt wurden und für mich unerschwinglich waren. Der Dom war wunderschön, aber das ist der Kölner auch, und so wirklich nach dem Italien, das ich kennen gelernt hatte, fühlte diese Stadt sich nicht an. In Mailand fühlte ich mich vom ersten Tag an wie ein Besucher. Etwas, was ich auch war – nur ein Besucher. Der Sprachkurs in den Semesterferien war eine spontane Idee gewesen, um die Besuche bei Micha mit etwas Nützlichem zu verbinden. Bei aller Naivität hatte ich gemerkt, dass mein Italienisch für ein Leben in dem Land nicht reichte und dass ich zu große Pausen zwischen den Besuchen bei meinem Freund nur schwer aushalten konnte. Was lag also näher, als die Semesterferien zu nutzen, um acht Wochen lang beides zu vereinen? Obwohl mein Konto laut protestierte, buchte ich einen zweimonatigen Sprachkurs im Herzen Mailands. Da Micha anfangs noch selbst in einer WG wohnte und ich bei ihm nicht unterkommen konnte, opferte ich meine letzten Ersparnisse für die Vermittlung und Bereitstellung eines Zimmers zur Untermiete.

Die Monate in Mailand waren eine reine Vernunftentscheidung, und ich sah sie als Zwischenstopp auf meinem Weg nach Italien. Etwas, was man tun musste, aber eigentlich nicht tun wollte. Ich merkte es, als Micha mich am frühen Abend zu meiner Unterkunft fuhr und ich mich von ihm verabschiedete. Wäre er nicht gewesen, hätte ich meinen Koffer erst gar nicht ausgepackt und wäre mit dem Nachtzug direkt wieder nach München oder noch lieber nach Elba gefahren. Die Wohnung, in der ich untergekommen war lag im 6. Stock eines Hochhauses, und als wir auf dem Balkon vor meinem Zimmer standen, war außer grauen, scheußlichen Hochhäusern nichts zu sehen. Auch das ist Italien, dachte ich und umschloss mit den Fingern fest einen Stein, den ich vom Capo d'Enfola mitgebracht hatte. Ich dachte an den schweren Start auf Elba und versuchte mir zu versichern, dass es besser werden würde. Das hier war nun einmal keine Mittelmeerinsel, dafür aber ein guter Ort, um einen Sprachkurs zu besuchen. Während ich vernünftig zu denken versuchte, spürte ich, dass es mir Mailand nicht leicht machen würde. Allen voran meine Vermieterin für die kommenden acht Wochen und deren Mitbewohner. Die lauerten nämlich schon hinter den Fenstern und warteten nur darauf, mich mit der Hausordnung bekannt zu machen. Den Rest gab mir Micha. Der meinte nämlich, vom Balkon blickend, dass ich mir zielsicher den scheußlichsten Stadtteil Mailands als Wohnort für die nächsten Monate ausgesucht hätte. Hier sollte ich nachts besser nicht mit der U-Bahn fahren. Weil er Recht hatte, aber nicht Recht haben durfte, stieß ich ihn von mir und war beleidigt. Er lachte. So lange, so herzhaft und mich fest im Arm haltend, bis ich es auch wieder tat. Obwohl ich es nicht zugab, wusste ich, dass ich mich ein wenig früher um die Lage meines Zimmers hätte kümmern können. Bei der Buchung war es möglich gewesen, bestimmte Stadtteile auszuschließen. Ich hatte es an jenem Nachmittag eilig gehabt und einfach „egal" angekreuzt. Es sollte nicht das letzte Mal bleiben, dass ich beim Abschluss eines Mietvertrages ein wenig leichtsinnig war.

Die Katzen
der Signora Pagano

Ob mir meine Unterkunft gefallen würde, war die erste Frage, die man mir am Montag nach meiner Ankunft in Mailand an der Rezeption der Sprachschule stellte. Ich verneinte und verfluchte die Tatsache, dass an diesem Institut ausschließlich Italienisch gesprochen wurde und ich mich nicht ausreichend erklären konnte. So lernt man es am schnellsten, stand in der Broschüre, und dass dies in jeder Situation und für alle gelten würde. Bei mir machte man nach fünf Minuten die erste von vielen Ausnahmen. Ich sagte der freundlichen Dame im Büro gleich am Anfang – auf Deutsch natürlich – dass es nicht gutgehen würde. Zwischen mir, Sinfonie, Sissi und Syrakus stimmte die Chemie einfach nicht, und bei allem guten Willen meinerseits musste ich ein Zusammenleben für die nächsten Wochen leider kategorisch ausschließen. An meiner mangelnden Kompromissbereitschaft lag es sicher nicht, erklärte ich, und auch, dass ich es gewohnt war, Abstriche zu machen und nun wirklich keine hohen Ansprüche an ein WG-Zimmer stellen würde. Besonders dann nicht, wenn es nur für einige Wochen und Teil eines von mir gebuchten Sprachschulaufenthaltes war. Dass man mir aber schon am ersten Abend als Zeichen der Missachtung in mein Bett geschissen hatte, das war auch für mich zu viel. Und – an dieser Stelle machte ich eine bedeutungsvolle Pause – ich hatte in seinen Augen gesehen, dass er es wieder tun würde. Syrakus würde mir bei nächster Gelegenheit wieder einen Haufen auf das Bett machen.

„Chi?" Neben mir stand ein etwa vierzigjähriger Mann und sah mich entgeistert an. Um seine Frage „Wer?" zu verstehen, war mein Italienisch gerade gut genug. „Syrakus", antwortete ich und holte das erste Mal nach meinem Redeschwall Luft. Ich weiß nicht, was mein Italienischlehrer in den ersten Minuten unseres Kennenlernens dachte, aber ich vermute, dass er mich für völlig übergeschnappt hielt. Ohne eine weitere Frage zu stellen, bugsierte er mich in sein Büro, schloss die Tür und begann, in einem Ordner zu blättern. Kurze Zeit später legte er die Papiere zur Seite und räusperte sich, bevor er mir zuraunte, dass es eine absolute Ausnahme sei, dass wir uns jetzt auf Deutsch unterhalten würden. Laut seinen Unterlagen sei ich bei Signora Loredana Pagano, einer reizenden älteren Dame, untergebracht. Über weitere Bewohner wusste er nichts und konnte sich beim besten Willen nicht vorstellen, wo ich am Vortag gelandet war. Ich erklärte es ihm. Syrakus war der Kater von Signora Pagano und Sissi und Sinfonie ihre Katzen. Aber keine normalen, wie ich Bruno versicherte, es waren kleine durchtriebene Miststücke. An diesem Vormittag lernte ich das passende italienische Wort für solche Biester. Bruno brachte es mir mit einem Schmunzeln bei, bevor er mir den Stundenplan für die nächsten acht Wochen überreichte und mir empfahl, die Türe zu meinem Zimmer einfach fest zu verschließen.

Sie konnten mir viel erzählen. Konnten mir dutzendfach versichern, dass Signora Pagano ein Glücksgriff war und ich mich sicher bei ihr wohlfühlen würde. Ich glaubte ihnen nicht. Man hatte mich zu einer irren, alten Frau gesteckt, und das, was ich bewohnte, war kein Gästezimmer – es war das Katzenzimmer. Ich erkannte es an dem latent aggressiven Verhalten der Viecher, wenn ich den Raum betrat, und an der Tatsache, dass sie mich nachts ansprangen und mir die Beine zerkratzten, wenn ich zur Toilette ging. Vergaß ich, die Tür des Zimmers zu schließen, dann lagen sie auf meinem Bett und fauchten mich böse an, wenn ich versuchte, mich zu ihnen zu legen. Diese drei Katzen hatten nichts mit den verschmusten Fellknäueln zu tun, die ich von zu Hause kannte. „Cattiva bestia", murmelte ich, wenn ich eine von ihnen sah, und dachte an Bruno, der mir riet, die Tiere in Anwesenheit meiner Vermieterin besser nicht so zu bezeichnen.

Mir sollten im Laufe der Wochen noch viele Bezeichnungen für die Haustiere der Signora einfallen. Sowohl auf Deutsch als auch auf Italienisch. Besonders kreativ wurden meine Koseworte, wenn eine der Katzen beim Öffnen der Wohnungstüre entwischte und ich ihr durch das Treppenhaus sechs Stockwerke nach unten oder vier nach oben nachjagen musste. Vieles in Mailand war schön – meine Unterkunft nicht. Trotzdem lache ich noch heute, wenn ich daran denke, dass ich die Katzen anfangs für mein größtes Problem in Italien gehalten hatte.

Signora Pagano

Obwohl ich mein Herz nie an Mailand hängte, waren die Wochen dort eine Zeit, die ich nicht missen möchte. Endlich konnte ich Micha wieder täglich sehen, und in der Sprachschule lernte ich junge Menschen aus allen Ecken der Welt kennen. Weil Italienisch tatsächlich die einzige Sprache war, die uns verband, lernte ich schnell und konnte mich nach zwei Wochen bereits besser in der Landessprache unterhalten als nach einem Dreivierteljahr auf Elba. Während sich die Zeit auf der Insel wie die unbeschwerten Sommerferien meiner Kindheit angefühlt hatte, vermittelte Mailand ein ernsteres und erwachseneres Gefühl. Obwohl ich kaum einen Abend vor Mitternacht zu Hause war, am Wochenende mit den neuen Freunden um die Häuser zog und mehr Zeit mit Micha als mit Lernen verbrachte, nutzte ich die Zeit. Es war ein typisches Studentenleben, wie ich es kannte, nur eben in Mailand und nicht in München. Inklusive der kritischen und wachsamen Augen einer Mutter, die sich für jeden Schritt interessierte und ihn neugierig verfolgte.

Signora Pagano, die ich Loredana nennen durfte, adoptierte mich vom ersten Tag an. Leider nicht mit der Warmherzigkeit einer italienischen Mama, sondern mit der Strenge einer englischen Gouvernante. Kam ich spät nach Hause, hing ein Zettel an meiner Zimmertür, der mich darauf aufmerksam machte, dass ein junger Mensch Schlaf benötigt. Ignorierte ich einen solchen Zettel, dann stand auf dem am nächsten Tag, dass zu wenig Schlaf auch zu Falten und fahler Gesichtshaut führen würde. Letztere sei ihr bereits aufgefallen, und es hätte sie nicht gewundert, da ich mich nicht ausgewogen genug ernähren würde. Sie begann, für mich zu kochen. Im ersten Moment klingt das schön und fürsorglich. Nicht aber, wenn man nach zwei Tagen begreift, dass man von seiner Vermieterin auf Diät gesetzt wurde. Loredana war der Meinung, ich sei zu dick. Eine Größe 38 sei etwas für den Durchschnitt – und der etwas, was ihr verhasst war. Nach kurzer Zeit aß ich außer Haus, und Loredana konzentrierte sich auf meinen Haarschnitt, meine Kleidung und mit besonderer Hingabe auf meine Schuhe. Ihr habe ich es zu verdanken, dass ich nach der Zeit in Mailand zwar noch längst nicht gut bis sehr gut Italienisch sprach, aber jede Talkshow zu den Themen Mode und Ernährung ohne Probleme verfolgen konnte. Ich mochte sie. Mochte sie, wie man eine etwas schrullige, neugierige, aber im Kern doch liebe alte Tante gernhatte, und als ich nach acht Wochen auszog, weinten wir beide.

Im Sommer war ich noch einmal für zwei Wochen am Stück in Mailand und wohnte bei ihr. Es war Loredana, die mir am letzten Abend die Frage stellte, ob es gutgehen konnte, das mit der Fernbeziehung. Einen Monat später hätte ich ihre Frage beantworten können – nein, es ging nicht gut.

Nix mit Amore

Ich mag keine Kalendersprüche. Da heißt es, alles Schlechte hätte immer auch etwas Gutes. Und dass man dem größten Unglück noch etwas Positives abgewinnen kann. Aus Schwarz wird Weiß, und wer heute noch weint, kann morgen schon wieder lachen. Man kennt all diese Sprüche und Kalenderblattweisheiten. Aber mal ehrlich … in dem Moment, wo alles zerbricht, sind sie einem doch scheißegal. Wenn binnen Sekunden sämtliche Träume zerplatzen, die eigene Welt aus den Angeln gehoben wird und stillsteht, dann helfen Worte allein nicht mehr. Dann braucht man jemanden, der da weitermacht, wo man selbst nicht mehr kann.

Einer meiner ältesten Freunde hat es für mich getan, und ich werde es ihm nie vergessen. Für ein Wochenende war ich mit ihm zur Hütte meiner Eltern in die Berge gefahren. Wir waren seit Jahren befreundet, kannten uns gut und hatten doch nur selten an der Oberfläche des jeweils anderen gekratzt. Ein ganzes Wochenende nur zu zweit hatten wir noch nie verbracht. Es ergab sich zufällig, dass wir spontan ein paar Lebensmittel kauften und kurzentschlossen das Hochsommerwochenende nutzten und aus der Stadt flüchteten. Schwitzend lagen wir einige Stunden später auf einer Decke im Gras und beobachteten Ameisen und Käfer. Es war so brüllend heiß, dass jedes Wort zu viel war. Die pralle Mittagssonne machte uns schläfrig und denkfaul. Wir sprachen kaum, lachten aber die ganze Zeit. Es ist schön, nicht zu denken, und noch schöner, grundlos zu lachen. Ich weiß noch, wie laut die Grillen an diesem Nachmittag zirpten und wie dumpf das Brummen von Bienen und Hummeln dicht über dem Boden klang. Die Luft flirrte vor Hitze, und aus dem Wald kam ein fast schon widerlichsüßlicher Geruch nach Harz, wie er nur in ganz heißen Sommern entsteht. Wir warfen uns nur albern einzelne Satzfetzen zu und lachten grundlos über Kleinigkeiten. Wenn ich an diesen Nachmittag zurückdenke, dann fällt mir zuerst ein, wie unbekümmert, unbeschwert und glücklich ich gewesen bin. An diesem Nachmittag war ich überzeugt, dass mir absolut nichts passieren könnte und dass das Leben im Allgemeinen und meines im Besonderen ziemlich schön war. Heute glaube ich, dass genau das wirkliches Glück ist. Nicht eine oder mehrere Sachen, die einen glücklich machen, sondern umgekehrt das Nichtvorhandensein von Dingen, die einen unglücklich machen. Leider liegt es in der Natur des Glückes, flüchtig zu sein.

Als wir Hunger bekamen, liefen wir durch den Wald zurück zur Hütte. Noch immer lachend und noch immer in alberner Stimmung, rannte ich in das kleine Häuschen, um das Grillfleisch aus dem Kühlschrank zu holen. Auf dem Weg zurück nach draußen las ich eine SMS von Micha, die er mir aus Mailand geschrieben hatte. Ich schaffte es gerade noch, den Teller in meiner Hand abzustellen, bevor meine Knie nachgaben. Er, der Mutige und der Unerschrockene, machte mit einer SMS Schluss. Sieben Monate, bevor ich zu ihm nach Italien ziehen sollte. Eine SMS, die in diesem Moment alles zerstörte und die ich als schrecklich feige empfand. Zwei Sätze, die meine Welt zum Stillstand brachten. Das Zirpen der Grillen hörte ich nicht mehr. Nur noch das dumpfe Geräusch einer Fliege, die immer wieder gegen das Fensterglas flog.

Arschloch. Das war es, was mein guter Freund dazu sagte. Kein Wort mehr. Er nahm mir die Würstchen und das Fleisch aus der Hand und machte da weiter, wo ich aufgehört hatte. Während ich heulend auf dem Boden saß, legte er das Fleisch ein, sammelte Holz und schichtete es in den Grill. Er drehte das Radio etwas lauter, zog mich an der Hand nach draußen und drückte mich auf die Holzbank vor dem Feuer. Vor Tränen blind und taub, hörte ich nicht, was er mir erzählte, aber ich weiß noch, dass es beruhigend war, seine Stimme zu hören. Meine Italienträume platzten, meine große Liebe war plötzlich ein Ex-Freund, und nichts war mehr wie noch eine Stunde zuvor. Trotzdem ging es weiter. Das Fleisch brutzelte auf dem Rost, die Sonne verschwand hinter den Bäumen, und neben mir saß jemand, der mit mir sprach und keine Antworten erwartete. Die Welt drehte sich weiter. Sie ruckelte ziemlich und hatte ihren Schwung verloren. Aber sie drehte sich weiter, weil einer nicht aufhörte zu sprechen.

Obwohl ich an diesem Abend nicht aufgehört hatte zu weinen, lächelte ich auch wieder, und ein Teil von mir empfand auch Glück. Ein ganz anderes Glück als noch einige Stunden zuvor. Leiser, stiller und dankbarer, weil ich jemanden an meiner Seite hatte, von dem ich ahnte, dass er einer jener Freunde war, die mich ein Leben lang begleiten würden. Er brachte mich durch diese erste Nacht. Was er mir erzählte oder worüber wir gesprochen haben, weiß ich nicht mehr. Es war auch nicht wichtig. Wichtig war, dass er und meine anderen Freunde die nächsten Tage und Wochen um mich waren und mich nicht alleinließen. Sie ignorierten mein Heulen so lange, bis ich von selbst aufhörte und wieder vorsichtig zu lachen begann. Dann erst begannen sie behutsam, all das zu sagen, was sie sich lange verkniffen hatten.

Dass ich in den letzten Monaten kaum noch da gewesen sei. Physisch ja, aber in Gedanken abwesend und nur dem nächsten Besuch in Italien entgegenfiebernd. Dass sie das Gefühl hatten, dass ich kaum noch am Leben in München teilnahm, obwohl es noch immer mein Lebensmittelpunkt war oder zumindest hätte sein sollen. Alle meine großen und kleinen Träume, die mich über lange Jahre begleitet hatten, interessierten mich nicht mehr und waren dem einen – einem Leben in Italien – gewichen. Vorsichtig versuchten sie mir zu erklären, dass sie das allein nicht beunruhigt hätte, nur die Tatsache, dass ich selbst überhaupt nicht artikulieren konnte, warum ich eigentlich gehen wollte, das bereitete ihnen Sorgen. Viel früher als ich hatten sie begriffen, dass es leichtsinnig und naiv war, den Traum eines anderen Menschen zu träumen, solange man ihn nicht zu seinem eigenen gemacht hatte. Sie hatten Recht, und wäre ich in Mailand ehrlich zu mir selbst gewesen, dann hätte ich es auch gemerkt. Während ich noch Tage auf einem Zettel durchstrich, hatte sich Micha längst ein Leben ohne mich eingerichtet. Wahrscheinlich nicht einmal vorsätzlich. Es war einfach passiert. Vielleicht weil es immer schwierig ist, wenn einer schon lebt, während der andere sich selbst in eine Warteposition manövriert hat und alles andere aus den Augen verliert.

Ich schrieb Loredana eine SMS und teilte ihr mit, dass ich nun wieder allein sei. Sie antwortete mit nur zwei Sätzen: „Die Welt dreht sich weiter. Übrigens, Syrakus wurde kastriert." Es war typisch für meine Vermieterin. Meine Welt brach zusammen, und sie erzählte von ihrem Kater. Trotzdem hatte sie Recht. Die Welt dreht sich tatsächlich immer weiter. Selbst, wenn man es im Moment einer kurzen SMS für unmöglich hält. Man braucht nur jemanden, der sie für einen anschubst. Den Rest schafft man dann selbst. Irgendwie. Ich strich die verbleibenden 199 Tage auf dem Zettel neben meinem Bett weiter jeden Morgen durch, ohne zu wissen, warum ich es tat, wo dort doch jetzt niemand mehr auf mich wartete. Es dauerte eine Weile, bis ich begriff, dass ich längst einen eigenen Traum hatte. Langsam kehrte das vertraute Gefühl zurück. Das leichte, sehnsüchtige Ziehen im Magen, wenn ich an die vielen Zugfahrten Richtung Süden dachte. Die Erinnerung an die Gerüche von warmem Teer und salziger Luft und das wunderbare Gefühl, spätnachts noch im luftigen Kleid auf einer Bank zu sitzen und dem Knattern der Mopeds zu lauschen. Nix mit Amore. Ich war allein, aber ich träumte noch immer, und gehen würde ich trotzdem. Jetzt erst recht. An Micha zu denken, erlaubte ich mir nicht. Ich hatte nicht nur meinen Partner, sondern auch einen meiner besten Freunde verloren. Ein Gedanke, der nur schwer auszuhalten war.

Ich bin dann mal weg

Ohne meinen Freund, der mir den Rücken stärkte, hatte ich keine Vorstellung davon, wie mein Leben in Italien aussehen sollte. Waren meine Pläne zuvor unausgegoren gewesen, so hatte ich jetzt gar keine mehr. Trotzdem war ich mit deutlich mehr Realismus ausgestattet, als es heute ein Großteil der Protagonisten in den unsäglichen Auswanderungs-Dokus im Privatfernsehen ist. Ich wusste, dass ich ein Dach über dem Kopf brauchte und einen Job mit regelmäßigem Geldeingang finden musste. Der Rest würde sich finden. Das sagte ich auch meinen Freunden, wenn sie sich zunehmend besorgt zeigten. Meinen Eltern erzählte ich vorsorglich erst einmal gar nichts. Als die Ziffern auf dem Blatt neben meinem Bett nur noch zweistellig waren, hätte ich eigentlich längst einen detaillierten Plan im Kopf haben müssen. Den hatte ich aber nicht. Ganz im Gegenteil. Wie unausgegoren mein Vorhaben war, erkannte ich an der Reaktion des besten Papas der Welt, als ich ihm meine halbgaren Pläne schilderte. Er reagierte auf meine Ankündigung, indem er erst einmal gar nichts sagte, sondern aufstand, seine Jacke vom Haken nahm und mehrere Stunden spazieren ging. Das machte er immer dann, wenn ihm die Worte fehlten. In meinen Augen eine ziemlich kluge Art und Weise, die Gedanken zu sortieren. Dass er meine Pläne allerdings auch in den folgenden Monaten mit keinem Wort kommentierte, machte mir Sorgen. Wenn der beste Papa der Welt ganz verstummte, dann hatte ihn etwas hart getroffen. Unser Gespräch zu diesem Thema, einige Tage später, machte es nicht besser. Mein Vater und ich neigen nicht dazu, die Dinge zu zerreden. Der Wortlaut war in etwa so:

„Wie lange?"
„Weiß nicht. Schon eine Weile."
„Mhm. Und warum?"
„Warum nicht?"
„Wohin genau?"
„Das weiß ich noch nicht."
„Aha."

Meine Mutter, die in meinem Alter selbst für einige Jahre ins Ausland ging, war entspannt. Mein Vater nicht. Mehrere Monate lang ignorierte er meinen Umzug völlig und blendete ihn konsequent aus. Obwohl er nicht darüber sprach, merkte ich, dass er weit nervöser war als ich. Seine Zustimmung erteilte er mir erst, als wir zwei Tage vor dem Umzug meine Möbel in der Scheune meines Onkels unterbrachten. Dieses Gespräch zum Thema Italien konnte man schon fast als ausführlich bezeichnen:

„Brauchst du Geld?"
„Ne."
„Nimm."
„Papa, das brauch ich nicht."
„Nimm!"
„Ist das für die Zugfahrt zurück, wenn's nicht klappt?"
„Ja."
„Und wenn's klappt, besuchst du mich dann?"
…
„Deine Mutter macht heute Abend Spaghetti."
„Papa! Ob du mich besuchst, will ich wissen!"
„Dazu gibt's Hackfleischsauce."
…
…
…
„Ich hab' dich lieb, Papa."
„Mhm."

„Mhm" heißt bei meinem Vater so viel wie: „Ich dich auch, liebe Tochter. Pass auf dich auf und ruf an, wenn du etwas brauchst. Was immer da unten passiert, ich kann in wenigen Stunden bei dir sein. Und mach dir keine Sorgen, ob du einen Job findest. Das wird schon werden, und wenn nicht, dann kommst du eben zurück. Ruf an, dann hol ich dich." Reden mussten wir danach nicht mehr. Es war ja alles gesagt. Zwei Tage später war es so weit. Meine Wahl war auf Verona gefallen. Eine schöne kleine Stadt im Veneto. Es war so weit. Ich wanderte aus. Zunächst ohne feste Vorstellungen, im Gepäck aber mit einem groben, völlig ausreichenden Plan. Ich würde mir einen Job suchen, arbeiten und ab und zu für ein paar noch fehlende Klausuren an der Hochschule nach München fahren. Zeitgleich würde ich mich für die Diplomarbeit anmelden und die abends nach der Arbeit schreiben. Nach etwa neun Monaten hätte ich so alle Prüfungen geschrieben, hätte ein Diplom in der Tasche und damit dann an den Abenden auch wieder etwas mehr Zeit, um mir in Ruhe zu überlegen ob ich für immer in Italien bleiben wollte oder eben nicht. Auswandern erschien mir bei näherer Betrachtung dann doch recht einfach.

Noch heute habe ich meinem Vater nicht erzählt, wie dieser Umzug am Ende wirklich abgelaufen ist. Wenn er fragt, dann nenne ich es lachend etwas holprig und wechsele schnell das Thema. Ich vermute, er hat eine grobe Ahnung davon, dass ich mich in puncto Planlosigkeit, Chaos und Naivität sehr gut bei einer Dokumentation über auswandernde Dummköpfe hätte bewerben können. Irgendwann werde ich ihm erzählen, dass ich seine Geldscheine noch immer habe. Sie steckten in der alten Illy-Kaffeedose, die ich in meiner ersten Woche in Italien gekauft habe. Ein Notgroschen. Wenn ich einmal ganz dringend von irgendwo nach Hause und zu ihm muss.

Besucht hat er mich dann natürlich doch. In der Kühltasche auf dem Rücksitz mehrere Dosen selbstgemachter Hackfleischsauce. Keine alla Bolognese, sondern die alla Mama.

Theorie und Praxis

Eines möchte ich vorwegnehmen. Obwohl ich Ihnen hier die Geschichte einer Auswanderung erzähle, dürfen die folgenden Zeilen keinesfalls als Hilfestellung für einen strukturierten und organisierten Umzug in ein fremdes Land gesehen werden. Allenfalls können sie als ein Hinweis gelten, wie es kommen kann, wenn man ausschließlich und konsequent einem Bauchgefühl und einer unstillbaren Sehnsucht folgt. Würde mich eine meiner Nichten heute fragen, wie durchdacht meine Pläne gewesen waren, dann müsste ich ihnen ehrlich Folgendes sagen: Eines Tages legte eure Tante fest, dass sie in genau 468 Tagen nach Italien gehen würde. Theoretisch hätte sie dann ihre Diplomarbeit abgegeben und würde einen Plan, der ihren bereits in Mailand lebenden Freund einschloss, verwirklichen. Praktisch (laut Duden sehr passend als „in der Wirklichkeit auftretend" definiert) hatte sich der Freund eurer Tante 199 Tage vor ihrer Auswanderung von ihr getrennt, sie hatte die Diplomarbeit noch nicht einmal begonnen und packte ihre Sachen nicht nach, sondern mitten während des Studiums. Alles, was eure Tante danach machte, war absolut chaotisch und dumm.

Würden sie mich aber fragen, ob ich es genauso noch einmal machen würde, dann würde ich mit den Schultern zucken und nicken. Vermutlich ja. Theoretisch hatte ich alles bis ins kleinste Detail geplant. Eine seitenlange Liste geschrieben, was ich wann zu erledigen hatte, und Excel-Tabellen mit Behörden und Anlaufstellen erstellt, die nur darauf warteten, systematisch abgehakt zu werden. Praktisch tat ich mehrere Wochen lang gar nichts mehr und verfluchte das dämliche Pizza-und-Pasta-Land. Die Tabellen und Pläne gerieten in Vergessenheit. Nur die Liste neben meinem Bett, auf der ich monatelang die Tage bis zum Umzug abgestrichen hatte, erinnerte mich weiter an meinen Traum. Erst als die Zahlen nur noch im mittleren zweistelligen Bereich waren, begann ich, Gas zu geben.

Kurzentschlossen wählte ich die von München am nächsten gelegene Stadt Verona als mein Ziel, fuhr für ein Wochenende hin und besorgte mir eine Wohnung. Klingt ganz vernünftig und strukturiert? Eher nicht. Wenn ich ehrlich bin, hatte ich kein Geld, um in das noch vertraute Mailand zu fahren und dort alles Notwendige zu erledigen. Kurzerhand änderte ich meine Pläne und nutzte den anstehenden Kurzurlaub meiner Mutter, indem ich sie nötigte, mich kostengünstig im Familienauto über die Landesgrenze zu schaffen. Mama wollte nach Verona. Die Stadt gefiel mir, und ich beschloss, dass es dann eben Verona werden würde. Die Wohnung, von der meine Mutter dachte, dass ich sie natürlich besichtigen würde, mietete ich der Einfachheit halber telefonisch und mit noch immer mangelhaften Italienischkenntnissen, während ich auf den Stufen vor der Arena ein Eis schleckte. Ziel festgelegt, Dach über den Kopf. Der Rest würde sich finden. Theoretisch. Zufrieden kehrte ich mit meiner Mutter nach München zurück.

Es wäre sicher klug gewesen, vor der endgültigen Auswanderung noch einmal in das nur 430 Kilometer entfernte Verona zu fahren, um dort einige organisatorische Dinge zu erledigen. Zum Beispiel die gemietete Wohnung auf ihre Tauglichkeit zu überprüfen. Theoretisch. Praktisch hatte ich noch immer kein Geld für die Zugfahrt und auch keine Zeit, da ich auf den letzten Drücker noch einige Prüfungen an der Uni schreiben musste. Bestanden hatte ich vor lauter Aufregung gerade einmal die Hälfte. Auch egal. Für die Nachholtermine würde ich eben ab und zu zurückkommen müssen, und die noch fehlende Diplomarbeit musste ich ja eh in Italien schreiben. Kann man ja auch nebenbei machen. Neben dem Arbeiten. Theoretisch. Praktisch hatte ich noch nicht einmal einen Job.

Am Tag 0, einem kalten Frühlingsmorgen, stand ich vor dem vollgestopften Auto und wartete auf meine Freundin. Sie musste mich mit dem von meiner Schwester geborgten Auto nach Verona fahren und es ein paar Tage später allein wieder zurückbringen. Ich wartete lange. Dann endlich rief sie an. Ihr sei schlecht und sie musste sich dauernd übergeben. Besorgt erkundigte ich mich, ob sie krank sei, und knabberte nervös an den Fingernägeln. Nee, nur verkatert. Während ich auf die Party am Vorabend aus Vernunftgründen verzichtet hatte, war sie dort gewesen und hatte es für uns beide krachen lassen. Ob wir das Ganze vielleicht um eine Woche verschieben könnten, fragte sie. Ich hätte es ihr nicht übel genommen, wenn sie nach meinem darauffolgenden hysterischen Anfall gar nicht mehr gekommen wäre, aber sie kam. Blass um die Nase, Ringe unter den Augen und grinsend. Sie ist nämlich richtig hart im Nehmen. Mich. Und das Leben überhaupt. Dafür musste sie dann auch nicht fahren, sondern durfte sich mit dem 1,30 Meter großen Stoffbären – einem Abschiedsgeschenk – auf den Beifahrersitz kauern. Los ging es. Die vermeintlich letzte Hürde, das Parken in einer gefühlt nur 1,50 Meter breiten, kopfsteingepflasterten, winzigen italienischen Gasse, meisterten wir am frühen Abend bravourös. Die Freundin, die tapfere, wollte endlich die Wohnung sehen, und ich natürlich auch. Den Schlüssel hatten wir geholt, und es dämmerte bereits, als wir jeder wahllos irgendetwas aus dem Auto nahmen und die Stufen nach oben liefen. Ich hatte meinen zwanzig Kilo schweren Porzellan-Hund im Arm, sie eine Rolle Klopapier und das Bügelbrett. In der Wohnung sagte meine Freundin lange nichts. Dann schnalzte sie leise mit der Zunge. „Wusstest du, dass hier kein Fenster ist?" Ich hörte sie langsam einatmen und erwiderte sehr, sehr leise: „Im Sommer nicht so heiß, oder?" Wir sahen uns schweigend an und gingen zurück zum Auto. Sie irritiert, ich bestürzt.

Als wir den Rest in die Wohnung bringen wollten, ließ sich die Wohnungstüre nicht mehr öffnen. Der

Schlüssel im Schloss bewegte sich keinen Millimeter. Nicht am Anfang und nicht nach dreißig Minuten. Nichts ging mehr. Das Auto blockierte die Straße, mein gesamter Besitz stand im Innenhof, meine Freundin hatte Hunger und ich große Lust, loszuheulen. In einer Nebenstraße fanden wir einen Schlosser, der sogar mein Italienisch verstand. Das Schloss bekam aber auch er nicht auf. Sein Angebot, es am nächsten Morgen komplett auszutauschen, half mir in diesem Moment nicht weiter. Wir saßen im Auto und sahen uns ratlos an, als mein Handy klingelte. Micha, der 199-Tage-zuvor-Schlussmacher, war dran. Ich hatte lange nichts von ihm gehört und konnte außer einem Hallo nichts sagen. Er schon. Er berichtete, dass er vor vier Wochen Mailand verlassen hatte und jetzt in Verona wohnte. In der Nähe des Naturkundemuseums. Es täte ihm leid, dass er sich nicht gemeldet habe, aber er würde mich vermissen und hätte sich gefragt, wie es mir gehen würde. Ob ich immer noch vorhätte, nach Italien zu ziehen, wollte er wissen. Das Land sei so schön, und besonders seine neue Stadt – Verona. Warum ich nichts sagte, erkundigte er sich, und ob ich ihm noch böse sei. Ich schüttelte nur den Kopf und murmelte, dass er doch bitte kommen solle. Wohin, wollte er wissen. Via Museo 2, sagte ich. Beim Naturkundemuseum. Da würde ich seit heute wohnen. Als ich ihm erzählte, dass meine Wohnung kein Fenster hatte, begann ich zu weinen.

Er lachte. Laut und ansteckend. Er lachte sein warmes und ansteckendes Lachen, bis ich aufhörte zu weinen. Dann kam er vorbei. Es war ja nicht weit. Als er uns im Treppenhaus neben dem Porzellanhund, dem Bügelbrett und den Klopapierrollen mit einer Flasche Wein sitzen sah, sagte er erst einmal nichts. Dann raunte er mir zu, dass man mich so einfach wohl nicht loswerden würde, und ging in Deckung. Obwohl ich ihm die Trennung nicht mehr übel nahm, weil er nur das in Worte gefasst hatte, was auch ich in Mailand schon spürte, hatte ich ihm die SMS noch nicht verziehen. Das blöde Lachen könne er sich sparen, giftete ich und bat ihn, sich lieber um die Türe zu kümmern. Wenn ich ehrlich bin, dann bat ich ihn nicht, sondern forderte ihn leicht hysterisch dazu auf. Das Schloss bekam auch er nicht auf, aber er wusste, was zu tun war. Während kurz vor Mitternacht meine Freundin mit dem Stoffbären im Arm im Auto eingeschlafen war, rief ich meinen Vater an. Ob ich mich schon eingerichtet habe, wollte er wissen. Ich musste ein bisschen schummeln. Die Feuerwehr fuhr gerade die Leiter aus, um durch das Fenster im Schlafzimmer (tja, ein Fenster gab es dann doch) in meine Wohnung einzubrechen. Die Wohnung sei perfekt, sagte ich ihm. Im Hochsommer würde sie bestimmt angenehm kühl sein. Keine direkte Sonneneinstrahlung. Toll, sagte Papa. Dass sie auch keine funktionierende Heizung hatte und das im Mietvertrag extra erwähnt wurde, verschwieg ich.

Niemand glaubt mir, dass es ein Zufall war, dass Micha und ich gleichzeitig nach Verona zogen. War es aber. Luftlinie 250 Meter voneinander entfernt. Zufall,

Schicksal oder was auch immer. Micha und ich waren wieder zusammen. Zusammen in einer Stadt und zusammen in einem Traum. Besser in zwei Träumen. Die Welt hatte sich ja weitergedreht, und wir waren kein Paar mehr – wir wurden in Verona etwas viel Besseres. Sehr, sehr gute Freunde. Einen feigen Arsch nannte ich ihn am ersten Abend dennoch. Wenn ich mich richtig erinnere, konterte er mit „chaotische Klette". Danach war alles gesagt.

Dantes Inferno – Italienische Behörden

Wikipedia definiert Euphorie als eine vorübergehende überschwängliche Gemütsverfassung mit allgemeiner Hochstimmung und gesteigerter Lebensfreude. In meiner ersten Nacht in Verona war ich sehr euphorisch. Eine ordentliche Dosis Dopamin und Serotonin führte dazu, dass ich ein einziges Fenster in einer Zwei-Zimmer-Wohnung mit separater Küche und Bad als völlig ausreichend befand und es mir als charmant und extravagant erschien, mit Hilfe der Feuerwehr in dieselbe einzuziehen. Ich war überzeugt, dass es jetzt nur noch besser werden konnte. Wer kurz nach Mitternacht die italienische Feuerwehr ohne Mietnachweis überzeugen konnte, in eine Wohnung einzubrechen, der würde den Rest mit links schaffen. Dachte ich. Bis ich die italienischen Behörden kennen lernte.

Jedem, der sich über die deutsche Bürokratie aufregt, empfehle ich, für eine gewisse Zeit nach Italien zu ziehen. Das italienische System ist dem deutschen nicht unähnlich. Auf den ersten Blick erscheint es einem sogar vertraut. Bis man tiefer einsteigt. Dann versteht man, warum selbst Italiener nur stumm den

Kopf schütteln, wenn man von einem bevorstehenden Behördengang erzählt. Das System treibt einen in den Wahnsinn. Ich vermute, es ist die italienische Art, die Zuwanderung zu minimieren. Wer nach der zweiten Behörde noch nicht aufgegeben hat, ist ausreichend hartnäckig, ausdauernd, geduldig und schlau genug, in diesem wunderschönen Land zu überleben. Oder er bekommt bei Behörde drei einen hysterischen Anfall und schließt die erste Freundschaft, die einen vor der Einlieferung in die geschlossene Anstalt bewahrt.

I. Codice fiscale – die Steuerkarte

Benötigt man für alles. Und wenn ich alles sage, dann meine ich wirklich alles. Neben Miet- und Arbeitsverträgen sowie sämtlichen Bankgeschäften auch für den Kauf eines Handys, Zigaretten am Automaten oder der Buchung einer Gondelfahrt in Venedig. Ich hatte drei Tage, um an den codice zu gelangen und ihn meinem Vermieter vorzulegen. An Tag eins suchte ich die richtige Behörde, wurde aber vom schönsten Schuhgeschäft der Welt abgelenkt und kam zu spät. Die nächsten zwei Tage stand ich an. Lange. Sehr, sehr lange. Das folgende Verhör ließ mich an meinem Vorhaben zweifeln, und ich fühlte mich wie ein Schwerverbrecher, der versuchte, auf legalem Weg einzureisen. Am Nachmittag von Tag drei hätte ich – theoretisch – eine Gondelfahrt in Venedig organisieren können. Als Tourist benötigt man dafür übrigens keinen Codice.

II. Azienda Sanitaria Locale (ASL) – Krankenkasse

Man sagte mir, ich müsse eine Nummer ziehen. Kein Problem, kennt man ja aus Deutschland. Nein, kennt man so nicht. Ich stand vor einem Kasten mit wirklich sehr vielen Tasten und Beschriftungen, denen mein Anfänger-Italienisch nicht einmal im Ansatz gewachsen war. Später erklärten mir meine Kollegen lachend, dass nicht einmal sie verstanden, was mit den fünfzeiligen Erklärungen gemeint sei. Ich tippte auf irgendeine Taste und vertraute naiv darauf, dass man mir – erst einmal in einem Büro sitzend – schon weiterhelfen würde. Beim Drücken der Tasten erklang ein Geräusch, das an eine in die Jahre gekommene Espressomaschine erinnerte und für mich im Laufe des Tages eher nach dem Rattern des Rolltors zur italienischen Bürokratie-Hölle klang. Meine Naivität verschwand schnell. Falsche Taste, falsches Büro, keine Erklärung, zurück auf Start, noch einmal drücken, noch einmal Rolltor zur Hölle, wieder etwa drei Stunden anstehen. Später erfuhr ich, dass die Experten einfach alle sechs Nummern zugleich zogen und unter missgünstigen Blicken innerhalb nur eines Tages ihr Ziel erreichten. Ich benötigte weitere drei Tage, um ins richtige Büro zu gelangen, und erfuhr erst dort, dass ich mich ohne Arbeitsvertrag gar nicht anmelden konnte.

III. Comune Residenza – Anmeldung am Wohnort

Um einen Arbeitsvertrag zu unterschreiben, benötigt man neben dem Codice fiscale auch die Bescheinigung der ASL und einen für die Anmeldung zur Residenza. Die ASL-Bescheinigung gibt es aber nur mit Arbeitsvertrag, und an die Residenza gelangt man nur mit ASL-Eintrag und Arbeitsvertrag. Die einzelnen italienischen Behörden arbeiten völlig autonom und widersetzen sich stur einer Einigung, welche Anmeldung zuerst zu erfolgen hat. Der Teufelskreis ist nur durch einen lautstarken, hysterisch angehauchten Anfall an einem der Schalter zu durchbrechen. Fasziniert beobachtete ich Francesca aus Rom, die diesen Auftritt mit einer unbeschreiblichen Dramatik aufs Parkett legte. Wir hatten uns während der vierstündigen Wartezeit kennen gelernt und waren ähnlich genervt und verzweifelt. Am späten Nachmittag packte sie mich an der Hand und stürmte an einen der Schalter. Während sie schrie und wild gestikulierte, deutete sie immer wieder auf mich. Wenn ich es richtig verstand, stellte sie mich als grenzdebile, mittellose Studentin mit gesundheitlichen Problemen dar. Fast hätte ich meine Residenza bekommen. Ich scheiterte an den fünf identischen Passbildern, die ich vorzulegen hatte. Der Automat am Eingang machte nur vier Stück auf einmal – auf dem fünften, aus der zweiten Vierergruppe, lächelte ich nicht identisch genug.

Mit Francesca erhielt ich in der darauffolgenden Woche auch die ASL-Bescheinigung. Ich weiß nicht, was sie den Mitarbeitern dort erzählte und warum es auf einmal doch ohne Arbeitsvertrag ging. Aber es funktionierte. Zum Dank lud ich sie am Abend zum Essen zu mir in meine fensterlose Wohnung ein. Um acht Uhr gingen die Lichter aus, und das leise Brummen des Heizstrahlers verstummte. Francesca erkundigte sich gelassen, ob ich daran gedacht hatte, den Strom- und Gasanschluss des Vormieters auf mich übertragen zu lassen. Als ich verneinte, stöhnte sie. Das würde ein paar Wochen dauern und wäre ohne Arbeitsvertrag nun wirklich unmöglich.

Unmöglich ist in Italien ein dehnbarer Begriff. Fünf Tage später wurde es wieder hell und warm. Fragen Sie mich bitte nicht, warum mir Micha nicht half – wie ich eingangs erwähnte, zwei Sturköpfe scheitern gerne an den simpelsten Dingen, und eine dunkle, kalte Wohnung ist für mich noch lange kein Grund, um Hilfe zu bitten.

Einsamkeit
am Anfang

Elba hatte es mir drei Tage lang schwergemacht. Mailand schon länger. Verona aber zeigte sich von Anfang an von seiner schönsten Seite. Vom ersten Tag an war ich glücklich. Es war mir egal, dass meine Wohnung nicht viel mehr als ein Loch mit Türen war, und ich lachte darüber, dass die Sicherungen alle naselang heraussprangen. In meinem neuen Zuhause konnte ich stundenlang bei Kerzenschein über ein Buch gebeugt am Tisch sitzen und mich einfach nur freuen, dass ich endlich in Italien angekommen war. Jeder Besuch im Supermarkt war aufregend, und ich bildete mir ein, dass alles, aber auch alles hier besser schmecken würde. Große Sprünge konnte ich anfangs nicht machen. Ohne einen Job würde mein Geld nur für knappe zwei Monate reichen, und ich sparte an allen Ecken und Enden. Als Einschränkung empfand ich es nicht. Nudeln mit Olivenöl und etwas Parmesan – das war lecker, und davon konnte ich mich wunderbar ernähren. Obst und Gemüse dagegen waren teuer, aber wenn man die Augen offen hielt, dann fand man immer etwas, was gerade noch erschwinglich war. Neben den Lebensmitteln brauchte ich für den Anfang nicht viel. Meine Wohnung hatte ich möbliert gemietet und alles andere von München mitgebracht. Auch meine Freizeitgestaltung der ersten Wochen kostete mich kaum etwas.

Mit einem Reiseführer in der Hand lief ich stundenlang durch die Stadt und konnte mich einen ganzen Nachmittag lang damit beschäftigen, auf einer Piazza zu sitzen und die Menschen zu beobachten. Wurde es mir langweilig, dann las ich in einem Buch, und bekam ich Hunger, dann leistete ich mir ein belegtes Brot oder lief kurz nach Hause. Weit war es fast nie. Meine Wohnung lag Luftlinie gerade einmal fünfhundert Meter vom Balkon Julias entfernt und war damit gut erreichbar und sehr zentral. Nicht so zentral wie die Wohnung Michas. Der wohnte direkt hinter der Arena und lebte damit am Pulsschlag der Stadt. Auch wenn ich ihn oft besuchte und wir regelmäßig etwas unternahmen – am Anfang war ich viel allein. Wenn man Zeit und Muße hat, wirklich jede Station des Reiseführers abzuklappern, dann ist das ein sicheres Zeichen, dass man noch niemanden kennt. Noch heute kenne ich Verona besser als meine Heimatstadt. Ich stand unter jedem antiken Torbogen, kletterte auf jeden der Hügel am Ufer der Etsch und hatte jedes Museum mindestens drei Mal besucht. Ich kannte alle öffentlichen Toiletten und habe auf jeder Bank im Zentrum Veronas schon einmal gesessen. Romeo und Julia von Shakespeare kannte ich auswendig, und was Dante in Verona gemacht hat, war mir bekannt. Ich erkundete die Stadt mit allen Sinnen und schätzte mich glücklich, jede Ecke meiner neuen

Heimat kennen lernen zu dürfen. Wann hat man schon die Gelegenheit dazu, so viel Zeit mit ziellosem Streifen durch eine Stadt zu verbringen?

Ich verrate es Ihnen. Wenn man einsam genug ist, dann bleibt einem gar nichts anderes übrig. Dann muss man raus aus seiner Wohnung und muss gehen. Egal wohin, und egal, ob man ein Ziel hat oder nicht. Man muss raus und unter Menschen. Sonst dreht man durch. Micha war zwar ebenfalls in der Stadt, aber erstens war er mein Ex-Freund und unser neuer Beziehungsstatus noch auf Bewährung, und zweitens hatte er sich viel schneller als ich akklimatisiert. Für ihn war es nur eine neue Stadt, für mich ein ganz neues Leben. Für mich war alles neu. Ich spürte die Leichtigkeit des Südens, spürte, dass die Uhren anders tickten, und sah, dass der beginnende Frühling die ganze Stadt in ein besonders schönes Licht tauchte. Ich selbst aber war noch längst nicht angekommen. Vier von fünf Abenden mochte ich es, in meiner Wohnung am Tisch zu sitzen, zu lesen und Radio zu hören. Am fünften aber machte es mich wahnsinnig. Nur wenigen Freunden habe ich erzählt, wie brutal laut mir anfangs die Stille der eigenen Wohnung in den Ohren dröhnte, während aus den Nachbarwohnungen Lachen und Gespräche erklangen. Überall um mich herum gab es Alltag, Freunde, Familien und Lebendigkeit. Nur ich hockte an manchen Abenden einsam und gelangweilt auf meinem Bett und konnte nichts mit mir anfangen.

Wenn ich Glück hatte, dann war Micha in der Stadt oder wir fuhren an den Wochenenden aufs Land oder ans Meer. Hatte ich Pech, war er in Mailand Freunde besuchen oder am Arbeiten. Ich war es nicht gewohnt, allein zu sein. In München lebte ich in einer WG, und es gab kaum einen Abend, an dem ich mich nicht mit Freunden oder meiner Familie getroffen hatte. Allein zu sein – das war neu. Ich war glücklich auf meinen Streifzügen durch die Stadt und wünschte mir dennoch sehnlichst meine Lieben an meine Seite, um all das Schöne mit ihnen zu teilen. Nur allein zu sein wäre nicht schlimm gewesen, aber einsam mitten unter anderen Menschen – das war ein Gefühl, das ich nur schwer ertrug. Wer sich selbst einsam fühlt, der sieht nicht, wie viele Menschen allein in der Sonne sitzen und völlig zufrieden ein Buch lesen oder ziellos und fröhlich durch die Straßen streifen. Er sieht nur die anderen, die lachenden Paare, die Familien und die plaudernden Freunde in einem Café, und wünscht sich, ein Teil von ihnen zu sein.

Obwohl ich die Einsamkeit am Anfang als sehr schwer empfunden habe, weiß ich sie längst zu schätzen. Dank ihr kann ich heute gut allein sein. Wer einmal mehrere Wochen am Stück auf sich allein gestellt war, der lernt, wie man sich mit sich selbst beschäftigt. Mehr noch: Er möchte es später nicht mehr missen, ab und zu ein paar Tage ganz für sich allein zu haben. In Zeiten, in denen Ehen und Beziehungen häufig nicht mehr ein Leben lang halten, ist das eine Fähigkeit, die das Leben doch sehr viel angenehmer und leichter macht.

Herzi, du spinnst

Außer meiner Mutter war Micha der Einzige, der mich „Herzi" nennen durfte. Es war ein Überbleibsel unserer Zeit als Paar und ich hörte es noch immer gerne. Ähnlich wie meine Mutter nutzte er diese Bezeichnung immer dann, wenn er mich besonders gernhatte oder wenn ich etwas machte oder sagte, was ihn zutiefst verstörte. Vor allem in meiner Anfangszeit in Italien hörte ich das frühere Kosewort sehr häufig. Dann, wenn wir uns freuten, dass unsere Freundschaft die Trennung überdauert hatte, und besonders dann, wenn es um meine Pläne für das Leben in Italien ging.

Etwa drei Wochen nach meiner Ankunft in Verona erkundigte Micha sich, wann ich eigentlich zu arbeiten beginnen würde. Als ich ihm kauend – wir frühstückten gerade – mitteilte, dass ich doch erst noch einen Job brauchen würde, war so ein Moment. „Herzi, spinnst du?", fragte er und sah mich fassungslos an. Dass ich bereits eine Anstellung in Aussicht haben würde, hatte er als so selbstverständlich vorausgesetzt, dass er bisher nicht nachgefragt hatte. Meine Mutter hätte nicht entsetzter blicken können. Auch ihr hatte ich nicht gebeichtet, dass meine Vorbereitungen, die Auswanderung betreffend, noch rudimentärer waren, als sie wohl ahnte. Anders als meine Mutter aber wurde Micha

83

deutlicher. Ob ich noch alle Tassen im Schrank hätte, wollte er wissen, und ob mir klar sei, dass die Arbeitssuche in Italien gut und gerne mehrere Monate in Anspruch nehmen würde? Ob ich mir überlegt hätte, wie ich bis dahin über die Runden kommen wollte und dass er hoffte, dass ich wenigstens eine Liste mit möglichen Arbeitgebern im Gepäck haben würde. Ich sagte nichts, aber mein Blick war eindeutig: Ja, nein, nein und nochmals nein war darin zu lesen. Und auch ein kleiner Vorwurf. In den letzten 199 Tagen in München war ich in einem Zustand akuter Ziellosigkeit und latenter Trauer gefangen gewesen. Einem Zustand, an dem er nicht ganz unschuldig war, wie er sich vielleicht erinnerte. Er nickte, atmete tief durch und nahm dann meine beiden Hände. Aber mein Italienisch, das sei inzwischen doch sicher besser geworden, erkundigte er sich betont ruhig und mit hoffnungsvollem Blick. Bei meinem „Ne, wovon denn?", ließ er meine Hände los und wiederholte: „Herzi, du spinnst."

Mein Italienisch war besser geworden, aber es reichte hinten und vorne nicht. Ich konnte Katzen verfluchen und mich bei Passanten erkundigen, ob sie die entlaufenen Tiere gesehen hatten, konnte über Mode und Gesichtspflege sprechen und hatte dank Bruno aus Mailand von der Existenz des Konjunktivs gehört. Auch wusste ich, dass es die förmliche Anrede in Italien gab. Nur wie man sie korrekt anwendete, das hatte ich schon im Sprachkurs nicht verstanden. Wahrscheinlich hätte ich es, wenn ich die Vormittage nicht damit verbracht hätte, mich auf die freien Nachmittage zu freuen, und ganz sicher wäre mehr hängengeblieben, wenn ich gelernt und nicht geträumt hätte. Jetzt war es zu spät, verkündete ich, ich war da, und ich musste es eben jetzt lernen. Bockig sah ich Micha an, bis er zu grinsen begann. Ja, das musste ich, und er würde sich darauf freuen, zu sehen, wie ich das schaffen würde. Das Erlernen der Sprache, das Finden eines Jobs – und überhaupt. Es würde sicher amüsant werden. Letzteres sagte er nicht, aber ich sah es an seinem Grinsen. Er müsse sich keine Sorgen machen, beruhigte ich ihn. Alles würde sich finden. Angesichts meines Kontostandes galt diese Beruhigung allerdings mehr mir selbst als ihm.

Als er später nach Hause ging, hatte er mir einige Jobvermittlungsstellen genannt und mir detailliert erklärt, wie die Arbeitssuche in Italien funktionierte. Dass ich das eigentlich längst hätte wissen sollen, erwähnte er mit keinem Wort und lehrte mich an diesem Nachmittag ungewohnt ernst und frei von Ironie und Sarkasmus, was ich auf welche Frage zu antworten hatte. Dachte ich kurz zuvor noch, dass mich die italienischen Behörden schaffen würden, wusste ich jetzt, dass die Arbeitssuche zu einem weiteren Höllenkreis aus Dantes Infernos werden konnte. Obwohl ich abends, mit Micha vor einem Glas Negroni sitzend, Witze machte, war ich mir nicht mehr sicher, dass ich wirklich schnell Arbeit finden würde. Viel zu oft musste ich psychologische Fragebögen ausfüllen, die ich auch mit viel gutem Willen nicht ernsthaft zu beantworten gewillt war. Lieblingstier? Ernsthaft? Ob ich für eine Stelle geeignet war, meinte man anhand der Nennung meines Lieblingstieres feststellen zu können? Bitte. Ich schrieb Kakerlake. Allerdings auf Spanisch, weil ich das Italienische Wort nicht wusste, mir „La cucaracha" aber gerade durch den Kopf schoss. Ich sah mich bereits im Vergnügungspark Gardaland als Prinzessin verkleidet Eis verkaufen oder als Aushilfe bei einem Kammerjäger endend, als ich nach nur wenigen Wochen doch Glück hatte.

Wie groß dieses Glück wirklich war, erfuhr ich erst einige Monate später. Zu diesem Zeitpunkt hatte ich es bereits geschafft, in der kleinen Firma meines Arbeitgebers ein heilloses Durcheinander anzurichten.

Inkompetentes Lächeln

„Du arbeitest wo?", fragte mich Micha, nachdem ich ihm einen knappen Monat später erzählte, dass ich tatsächlich einen unterschriebenen Arbeitsvertrag in der Tasche hatte. „Via Sommacampagna", gab ich Auskunft, und er nickte geduldig. Nicht die Adresse, sondern den Inhalt meines zukünftigen Broterwerbs wollte er wissen. Ganz ehrlich – ich konnte es nicht sagen. Irgendein Import/Export-Geschäft. Näheres wusste ich nicht beziehungsweise hatte es nicht ganz verstanden. Während des Vorstellungsgespräches hatten wir uns über das Münchner Oktoberfest, die regionalen Unterschiede von Süd- und Norditalien, die Wahlen in Deutschland und über die aktuell laufende Staffel von Grande Fratello (der italienischen Version von Big Brother, mit der ich meine Sprachkenntnisse noch etwas aufgepimpt hatte) unterhalten. „Darüber habt ihr auf Italienisch gesprochen?", erkundigte sich mein Freund zweifelnd, und ich prustete los. Natürlich nicht. Antonio, mein zukünftiger Chef, war so stolz auf sein Deutsch, dass wir das Gespräch in meiner und nicht seiner Muttersprache geführt hatten. „Aber er weiß, dass dein Italienisch nicht besonders gut ist?", führte Micha sein Verhör fort, und ich zuckte mit den Schultern. Keine Ahnung, ob er das wusste. Gefragt hatte er nicht, und da der Vertrag unterschrieben war, schien es auch nicht so wichtig zu sein. Genauso unwichtig wie die Tatsache, dass ich vom Obst-und-Gemüse-Im- und -Export keine Ahnung und keinerlei Erfahrung im Bereich der Logistik hatte.

Später erzählten mir meine Kollegen, dass ihnen durchaus klar gewesen war, dass sie mit mir und meinem Lebenslauf in ihrer Firma eigentlich nichts anfangen konnten. Auch hatten sie schnell begriffen, dass mein Italienisch sich noch auf dem Anfängerniveau befand, und deshalb rücksichtsvoll die Sprache gewechselt. Als ich sie fragte, warum sie mich denn dann eingestellt hätten, lächelten sie – alle fünf. Mein Lächeln sei bezaubernd gewesen. Ich hätte ihnen vom ersten Augenblick an gefallen. Ich sei so jung, so naiv, so hübsch und so ahnungslos gewesen. Einstimmig waren sie übereingekommen, mich einzustellen. Sie stellten mich ein, weil ich jung und naiv war? Das klang nach einem Casting der ganz anderen Art. Nach ihrer Offenbarung war ich einen Nachmittag lang beleidigt. Letztendlich aber konnte ich froh sein, in diesem Obst-und-Gemüse-Eldorado untergekommen zu sein. Die Firma, meine Kollegen Luca und Antonio und nicht zuletzt die Buchhalterin und Seele der Firma waren meine Rettung, und ich weiß nicht, wie lange und mit welchen Jobs ich mich ohne sie über Wasser gehalten hätte.

Geduldig ertrugen sie das Chaos, in das ich die LKW-Fahrer anfangs stürzte, weil sie mich leichtsinnigerweise von Anfang an ans Telefon ließen. Sie lehrten mich die Unterschiede der Obst- und Gemüsesorten, indem sie mich mit auf die Großmärkte nahmen, und luden mich reihum zu ihren Familien zum sonntäglichen Mittagessen ein, wenn das Heimweh zu groß wurde. Mit Luca und seinen Freunden ging ich abends aus, und Sara, die Buchhalterin, sorgte dafür, dass ich mir nicht den derben Slang der LKW-Fahrer aneignete, sondern ein anständiges Italienisch lernte. Brauchte ich einen Arzttermin, ließen sie ihre Verbindungen spielen und brachten mich bei Bekannten und Verwandten unter, ohne dass ich die horrenden Gebühren für Privatpatienten bezahlen musste. Nichts davon war selbstverständlich. Wer in einem fremden Land ankommt und keine besonderen Fähigkeiten und Kenntnisse vorzuweisen hat, wird schnell feststellen, dass man nicht unbedingt auf ihn gewartet hat. Ich vermute, dass zwei Drittel aller Auswanderer ihr Vorhaben gründlich unterschätzen. Fakt ist, entweder du hast etwas zu bieten – oder du brauchst verdammt viel Glück. Ich hatte Glück. Meine damaligen Kollegen waren das Fünkchen Glück, das manchmal zwischen Erfolg und Niederlage unterscheidet. Und wenn diesem Glück durch mein Lächeln und einem sommerlich kurzen Kleidchen auf die Sprünge geholfen wurde, dann ist es dieses eine Mal absolut in Ordnung.

Gelernt habe ich am Ende natürlich doch einiges. Neben einem Grundstock an italienischer Buchhaltung und einem gar nicht einmal so kleinem Wissen über den Obst-und-Gemüse-Im- und Export vor allem eines: Ich kann mich durchsetzen. Und wie. Wenn es nötig ist, dann brülle ich einen sizilianischen Großhändler am Telefon nieder. Öfter und viel lieber erreiche ich meine Ziele aber mit einem Lächeln. Mit einem solchen auf den Lippen blicke ich auch auf meinen ersten Arbeitstag zurück. An dem lernte ich nämlich meinen ersten guten Freund in Italien kennen. Er reichte mir bis zum Knie und hieß Wolf.

Wachwolf

Am ersten Tag meiner Rente werde ich ins Tierheim gehen und einen Hund zu mir holen, den sonst keiner will. Einen besonders alten oder kranken, der in den letzten Jahren seines Lebens einen Menschen an seiner Seite braucht. Vielleicht, weil er es immer gewohnt war und vorschnell weggeben wurde oder weil sein Besitzer selbst gestorben ist. Einen, der übriggeblieben ist, weil er kränkelt, hässlich ist oder einen anderen Makel hat. Einen, der sich so allein und verloren fühlte wie ich an meinem ersten Arbeitstag in Italien.

Micha hatte mir Angst gemacht. Obwohl er mich fast immer mit einem Lächeln aufheiterte und Mut zusprach, wurde er bei den elementaren Dingen ernst. Reiß dich zusammen, gab er mir am Vorabend mit auf den Weg und machte mir klar, dass ich ohne Job nicht weit kommen würde. Unnötig, das zu erwähnen. Ich wusste es und war so nervös, dass ich an diesem Montagmorgen mit dem Gedanken spielte, alles hinzuwerfen und wieder zurück nach München zu fahren. Ein Gedanke, der mir in den Tagen vor meinem Arbeitsantritt trotz der Euphorie, endlich in Italien zu sein, schon mehr als einmal gekommen war. Dass ich genau in dem Moment aufgeben wollte, als mein Leben in Verona konkrete Formen annahm, hätte niemand verstanden, und ich hätte es nur schwer erklären können. Und doch hatte ich an diesem Morgen das Gefühl, dass Italien eine dumme Idee gewesen war. Nicht, weil es nicht schön war, sondern weil ich diese Sprache nie lernen würde. Eine letzte Zigarette auf den Stufen des fremden Bürogebäudes wollte ich noch rauchen und dann einfach abhauen und nach Hause. Dorthin, wo es sich vertraut anfühlte. Dahin, wo sich der Magen nicht manchmal vor lauter Einsamkeit verkrampfte, und zurück in ein Leben, das mich nicht jeden Tag vor neue Herausforderungen stellte. An jenem Morgen war ich feige, und die Entschlossenheit, mit der ich nach Italien gekommen war, ängstigte mich. Ich vermisste meine Komfortzone und rief mir in Erinnerung, dass ich Abenteuer doch eigentlich gar nicht mochte. Ich stolperte nie vorsätzlich, sondern immer nur versehentlich hinein. Versehentlich wäre ich beim Aufstehen auch fast über den kleinen Hund gestolpert, der sich neben mich auf die Stufen gesetzt hatte. Nur weil ich Hunde mag und dieser besonders putzig war, entschied ich mich, noch ein wenig abzuwarten. Der Hund blieb neben mir liegen und ließ sich den Bauch streicheln. Ein warmer Hundebauch ist gut gegen plötzliche Furcht. Noch besser ist eine nasskalte Hundeschnauze, die einen um kurz vor neun Uhr morgens anstupst und daran erinnert, dass man nicht großspurig vom Auswandern erzählt hat, nur um dann kurz vor dem Ziel aufzugeben.

Ich bin geblieben, und der Hund wurde mein bester Freund. An meinem ersten Arbeitstag roch ich nach Hund, weil ich mein Gesicht in seinem warmen, struppigen Fell vergraben hatte. Meine Kollegen erzählten mir, dass sie ihn Wolf nannten, weil er sich gerne füttern, aber nie streicheln ließ. Am zweiten Tag erschien ich mit ihm im Schlepptau, und ab der dritten Woche lag er jeden Vormittag unter meinem Schreibtisch. An den Nachmittagen nicht. Da machte er Jagd auf die LKWs, die im Kreisverkehr vor unserem Büro wendeten. Ich arbeitete mitten im Industriegebiet in der Nähe des Großmarktes. Keine besonders gute Gegend. Weder für kleine Hunde noch für naive junge Frauen, die ihr Mittagessen aus Gründen chronischen Geldmangels in einer Fernfahrerkneipe zu sich nahmen. Zwischen Prostituierten, wie ich später erfuhr. Bei fast vierzig Grad im Schatten und entsprechend luftiger Kleidung unterschied ich mich von ihnen nur dadurch, dass ich einen kleinen Hund im Schlepptau hatte und nach dem Essen wieder hinter dem Schreibtisch und nicht in einer LKW-Kabine verschwand.

Wolf begleitete mich jeden Mittag. Er brachte mich zur Bar, wartete vor der Tür und ging mit mir gemeinsam zurück zum Büro. Unser kurzer Spaziergang führte entlang einer Schnellstraße und über einen Schrottplatz. Menschen begegneten wir kaum, und wenn, dann wurden sie von Wolf immer ignoriert. Mit stoischer Gelassenheit spazierte er zwischen den Containern und Schrotthaufen umher und blieb dabei immer in Sichtweite. Auch an dem verregneten Tag, als mich zwischen zu Mauern aufgestapelten Containern ein Mann ansprach. An diesem Tag, mitten auf dem verlassenen und unübersichtlichen Platz wurde mir schlagartig bewusst, dass meine einsamen Spaziergänge eine unglaublich dumme Idee gewesen waren. Ich denke nicht gerne an diese Begegnung zurück. Aber ich bin noch heute überzeugt, dass ich im genau richtigen Moment – als Wolf aggressiv zu bellen und zu knurren begann – losgelaufen bin. Ich schüttelte die Hand an meiner Schulter ab und rannte los. Erzählt habe ich es damals keinem, aber über den Schrottplatz bin ich nie wieder gegangen. Vielleicht bilde ich es mir ein, aber ich glaube, dass Wolf von diesem Tag an noch anhänglicher als zuvor war. Hätte man einen so wilden und unabhängigen Hund adoptieren können, ich hätte es sofort getan. Aber das ging nicht. Wolf brauchte seine Freiheit und war nur während meiner Arbeitszeit bei mir. Abends und nachts jagte er LKWs hinterher. Oder, was nicht unwahrscheinlich ist, er besuchte nach dem Ende der Bürozeit seine zweite Familie. In jedem Fall fehlte es ihm an nichts, da bin ich mir sicher.

Irgendwann gehe ich ins Tierheim und hole einen ähnlich struppigen kleinen Kerl zu mir. Es wird ein recht kleiner sein. Frech und putzig, aber nicht wirklich schön. Einen, der lieber großspurig loskläfft als zuzugeben, dass er Schiss hat. Und einen, der den Schwanz nicht einzieht, obwohl er am ganzen Körper zittert. Einen, der ein bisschen wie ich ist, sagte Micha. Einen mit einer großen Schnauze und mehr Glück als Verstand. „Und einen, der einen warmen Bauch und eine nasskalte Schnauze hat", sagte ich.

Hausgemeinschaft

Für mich zeichnet sich der ganz besondere urbane Charme italienischer Städte auch durch den Hauch des Verfalls und der Nachlässigkeit aus, den besonders die alten Häuser ausstrahlen. Großflächig blättert die Farbe von den Hauswänden ab und legt dabei den Blick auf vergangene, bunte Anstriche frei. Das, was in Deutschland ungepflegt erscheint, wirkt im warmen Licht der südlichen Sonne auf wundersame Weise meist schön. Man sieht den Fensterläden an, dass sie über Jahrzehnte nicht erneuert wurden, stört sich aber nicht daran, sondern freut sich über den rustikalen Anblick. Etwas Rost an den Dachrinnen und ein Fundament, dessen Steine den Eindruck erwecken, dass sie seit Jahrhunderten immer wieder zum Bau der Häuser verwendet wurden, erwecken den Eindruck der Beständigkeit. Eine grobe Verputzung reicht hier völlig. Was man von außen nur selten sieht, sind die prächtigen Innenhöfe, die gepflegten Treppenhäuser und die großzügigen Wohnungen, die sich hinter den etwas nachlässigen Fassaden verbergen. Obwohl die Häuser von außen verwinkelt und unscheinbar wirken, sind die meisten Wohnungen darin erstaunlich hell und großzügig geschnitten. Die meisten, nicht meine. Meine war – und das ist eine sehr wohlwollende Umschreibung – sehr speziell.

Wie ich erst später erfahren habe, gehörte sie ursprünglich zu einer anderen, angrenzenden Wohnung, und weil diese für die Eigentümer mit weit über hundert Quadratmetern zu groß war, teilte man den Bereich, den man nicht nutzte, ganz pragmatisch einfach ab. Unnötig zu erwähnen, dass man sich nicht unbedingt vom schönsten Teil seines Domizils trennte. Meine Nachbarn, die Eigentümer der ehemals großen Wohnung, besaßen noch immer einen riesigen Balkon mit Blick in den wunderschönen Hinterhof und schätzten sich glücklich über Räume, die ausnahmslos alle über Fenster verfügten. Da man meine Wohnung aus der ihren einfach herausgeschnitten hatte, gab es für mich in Bad, Küche und Wohnzimmer keine Fenster. Ein besonders humorvoller Architekt hatte einfach wahllos Wände eingezogen, eine Tür zum Treppenhaus eingesetzt und in die hintere Wand des zukünftigen Wohnraums ein dreißig mal dreißig Zentimeter großes Loch geschlagen. Nicht nur, dass sich diese winzige Luke auf Kniehöhe befand, sie war auch noch vergittert. Ich vermute, er war betrunken, als er die Pläne zeichnete und sich dachte, für irgendeinen Dummen würde es schon reichen.

Ein so willkürlich geteiltes Wohnzimmer hatte noch weitere Besonderheiten zu bieten. Diese steigerten nicht unbedingt den Wert der Wohnung, was den Vermietern aber egal war. Man bemerkte sie nämlich erst einige Zeit nach dem Einzug. So teilte ich mir mit der Nachbarwohnung nicht nur eine hauchdünne Wand, die mich alle Streitgespräche und jedes noch so leise Liebesgeflüster deutlich miterleben ließ, sondern auch den Telefon- und Kabelanschluss für Radio und Fernsehen. Durch ein Loch am Fuß der Wand war eine Nebenleitung zu mir gelegt worden. Was praktikabel klingt, war es nicht. Sowohl telefonieren als auch fernsehen konnte man immer nur in einer der beiden Wohnungen. Schaltete der andere sein Gerät ein, kappte er dadurch die Verbindung des anderen. Da ich neu eingezogen war und damit nicht über die älteren Rechte verfügte, schaute ich meist erst nach Mitternacht fern und verzichtete um des lieben Friedens willen gleich von vorneherein auf einen Festnetzanschluss. Nicht nur wegen des Friedens. Auch weil man mich bestach. Verzichtete ich auf einen eigenen Anschluss, versprach man mir, mich als Gegenleistung während der Opernsaison in die Arena zu schmuggeln. Mein Nachbar war Musiker und spielte die Posaune im Orchester. Bei genauer Betrachtung war das ein doch sehr anständiger Deal. Kein eigenes Telefon zu haben schmerzte mich weit weniger als mein dunkles, hellhöriges Wohnzimmer.

Das sei Jammern auf sehr hohem Niveau, teilten mir meine Vermieter mit. Schließlich verfügte der zweite Raum doch über ein Fenster. Sogar ein recht großes. In meinem handtuchschmalen Schlafzimmer – Sie ahnen es, auch dieser Raum war Teil eines ursprünglich bedeutend größeren Raumes – gab es ein normal großes

Fenster. Hell war der Raum deshalb noch lange nicht, da die Straße, in der ich wohnte, eher eine schmale Gasse war und auf der anderen Straßenseite die imposante Hausfront des Naturkundemuseums aufragte. Wenn ich mich aber gefährlich weit aus dem Fenster lehnte und nach rechts blickte, dann sah ich die Etsch und konnte im Sommer, wenn der Wind richtig stand, sogar die Klänge der Opern aus der Arena hören. Die Lage der Wohnung war top. Daran gab es nichts zu rütteln. Und mittags im Hochsommer fiel für eine halbe Stunde sogar ein schmaler Streifen Sonnenlicht auf mein Bett.

Als ich mich wohnlich eingerichtet hatte, stiegen die Temperaturen. Ich hatte für meine Ankunft ein Jahr gewählt, dessen Sommer man später als Jahrhundertsommer bezeichnete und der mich mit meinem dunklen Loch versöhnte. Während andere Klimaanlagen benötigten, blieb es bei mir in den nach hinten gelegenen Räumen erträglich. Im Schlafzimmer war es dank des Fensters zwar wärmer, aber – ebenfalls dank des Fensters – zum Schlafen auch angenehmer, weil ich es öffnen konnte. Als die Temperaturen über dreißig Grad stiegen, verzichtete ich auf das Schließen der Fensterläden, schob die Bettdecke an das Fußende und genoss nachts den angenehmen Lufthauch an meinen nackten Beinen. Ich genoss ihn, bis mein Vater mich das erste Mal besuchte und ich ihm natürlich mein Bett überließ und für die Dauer seines Aufenthalts auf dem Sofa im Wohnzimmer schlief. Ob mich das Licht nicht störte, wollte mein Vater am Ende seines Besuches wissen. Ich verneinte. Dass um drei Uhr nachts die Lichter im Museum angingen, hatte ich schon bemerkt und vermutete, dass zu dieser Zeit wohl der Nachtwächter seinen Rundgang machte. Für eine halbe Stunde war mein Bett dann in ein helles Quadrat aus Licht gehüllt, das aus den gegenüberliegenden Fenstern schien. Da diese aber so hoch waren, dass von dort niemand hinausschauen konnte, änderte ich an meiner Gewohnheit, leicht bekleidet und unbedeckt zu schlafen, nichts. Er kenne meinen guten Schlaf, sinnierte mein Vater und bat mich, nachdem er eine Weile überlegt hatte, besser doch die Fensterläden zu schließen. Es sei mir vielleicht noch nicht aufgefallen, dass der Nachtwächter bei seiner Runde eine kleine Pause einlegte und am offenen Fenster eine Zigarette rauchen würde.

Am nächsten Tag besuchte ich das Museum. Im Raum, der meinem Schlafzimmer gegenüberlag, waren die Fenster zu hoch, um aus ihnen herauszublicken. An einer Stelle aber war ein gemauerter Vorsprung von etwa einem Meter Höhe. Als ich hinaufkletterte, hatte ich einen wunderbaren Blick auf mein Bett.

Spontane Besuche
aus der Heimat

Nachdem ich mich in Verona häuslich eingerichtet hatte — sofern das in einer Wohnung mit Wohnzimmer ohne Fenster möglich ist — stellte ich mich auf die ersten Besuche meiner Freunde ein. Neben der Gelegenheit, mich wiederzusehen, war ich überzeugt davon, dass sie die Chance auf einen kostengünstigen Italienaufenthalt in Scharen zu mir locken würde. Meine Vorbereitungen, den kommenden Besucheranstrum betreffend, waren durchdachter und geplanter als meine Auswanderung. Ab April hatte ich immer mindestens drei Flaschen Wein im Kühlschrank stehen und konnte problemlos zwei bis zehn Gäste mit Pasta und Tomatensauce glücklich machen, selbst wenn sie unangemeldet vor der Tür standen. Ich hatte herausgefunden, wo man parken konnte, kannte die Ankunftszeiten der Züge aus Deutschland auswendig und hatte von meinem ersten Gehalt zwei weitere Decken und Kissen für die Übernachtungsgäste besorgt. Es kam nur keiner. Die Idioten fuhren Ostern überallhin, nur nicht zu mir. Warum ich nicht ans Meer gezogen sei, wollten sie wissen, und teilten mir frech und unsensibel mit, dass sie es als fast schon rücksichtslos empfanden, dass ich mich nicht auf Elba niedergelassen hatte. Dort, so sagten sie, würden sie wirklich gerne hin, ohne eine Unterkunft sei die Insel aber doch recht teuer. Ich war beleidigt. So beleidigt, dass ich den Wein selbst trank, mich von Freitag bis Sonntag mit der herrlichen Pasta bekochte und in einem Berg aus Kissen und Decken schlief. Vorsichtshalber achtete ich aber weiter auf einen vollen Kühlschrank und schleppte meine Einkäufe jeden Samstag über die Piazza, die sich langsam mit Touristen zu füllen begann.

Die Saison lief an, und mit ihr erwachte das alte Amphitheater zum Leben. Seit Wochen hingen in der ganzen Stadt Plakate mit dem Spielplan der diesjährigen Opernaufführungen. Bevor sie aber begann, wurde die Arena zum Schauplatz für Rock- und Popkonzerte. Am heutigen Samstag sollte Lenny Kravitz auftreten. Lenny! Da kann man schon einmal ins Seufzen geraten. Etwas, was man an Konzerttagen auf der Piazza besser nicht allzu laut tun sollte. Jedenfalls nicht, wenn man nicht von einem der vielen Schwarzhändler angesprochen werden möchte. Weil ich mich in den ersten Monaten nur schwer einem italienischen Redeschwall erwehren konnte und darüber hinaus ein äußerst gutgläubiger Mensch war, kaufte ich dem Erstbesten, der mich ansprach, gleich drei Karten ab. Angeblich war es in Verona üblich, Karten immer nur in Tranchen von drei Stück zu verkaufen, und ebenfalls normal schien es zu sein, dass der Händler mich bereitwillig zur nächsten Bank begleitete, weil ich zu wenig Bargeld bei mir hatte. Während wir in der Schlange vor dem Automaten warteten, klärte er mich darüber auf, dass seine Preise, die mir sogar für den Schwarzmarkt hoch erschienen, eine Garantie für die besten Plätze beinhalten würden. Hätte ich mir die Karten etwas genauer angesehen, dann hätte ich bemerkt, dass es überhaupt keine nummerierten Plätze gab. Das war blöd von mir. So blöd, wie wenig später festzustellen, dass der einzige Freund in der Stadt an diesem Wochenende gar nicht in Verona war und man selbst zu wenig Schwarzmarkterfahrung besaß, um zwei der drei Karten weiterzuverkaufen. Gut ist es dann aber wieder, wenn man sein Leid einer Münchner Freundin klagt, die beim Namen „Lenny" ebenfalls zu seufzen beginnt. Das ist der Moment, in dem man, in einer Telefonzelle stehend, ganz flink zu rechnen beginnt, weil man seine Chance wittert.

„Es ist jetzt halb eins", sagte ich ihr, „wenn du jetzt die eben erwähnte Weißweinschorle nicht trinkst, was um diese Uhrzeit eh fragwürdig ist, unter die Dusche springst, dir dann das Auto deiner Mutter schnappst und die knapp 450 Kilometer in einem Rutsch zu mir fährst, dann schaffst du es zur Vorband. Locker. Du kannst sogar eine Klopause einlegen." Am anderen Ende war es still, und ich hörte, wie auch meine Freundin zu rechnen begann. Schnell legte ich nach. „Das Benzin fällt nicht ins Gewicht, weil Autos der Eltern grundsätzlich vollgetankt in der Garage stehen, und was sind schon die paar Euro für die österreichische Vignette, der Preis für die Europabrücke und die Gebühr der italienischen Autobahn für ein Lenny-Kravitz-Ticket?" Nicht viel, suggerierte ich mit schmeichelnder Stimme. Außerdem würde ich die Drinks am Abend übernehmen und ihr einen Schlafplatz in der Stadt Romeo und Julias anbieten. Und am nächsten Tag ein Frühstück auf der Piazza delle Erbe, warf ich verzweifelt ein letztes Argument hinterher. Sie sagte noch immer nichts, und ich verlegte mich aufs Betteln. „Bitte, bitte, BITTE, es wäre so schön, dich wiederzusehen." Die Frage, die sie mir dann stellte, war jene, die ich in den kommenden Monaten immer wieder hörte: „Regnet es?" Ich konnte sie an diesem Samstag und an den meisten kommenden Wochen verneinen. Nein, hier hatten wir strahlenden Sonnenschein, und hier konnte man den Sommer bereits riechen. Ich möchte meinen Freunden nichts unterstellen, aber sie alle kamen fast ausschließlich dann, wenn der Sommer in Deutschland ihren Erwartungen nicht gerecht wurde.

Manu war die Erste. Sie beendete unser Telefonat mit den Worten: „Okay, ich mach's. Für Lenny kann man es machen, oder?" Hätte ich nicht drei überteuerte Schwarzmarktkarten zwischen Basilikum und Nudelpaketen in der Tasche gehabt, hätte ich ihr die Reduzierung auf Lenny doch ein wenig übel genommen. Manu war auch die Erste, die mich mit einer weiteren Besonderheit, die weit entfernte Wohnsitze mit sich bringen, vertraut machte. Über 450 Kilometer von den anderen Freunden und der Familie entfernt, präsentierte man mir Dinge, die man sonst nicht zeigte oder für die man zunächst einen Probelauf starten wollte. Ganz vorne mit dabei: neue Lebensgefährten, die – freundlich beschrieben – auf den ersten Blick ein wenig sperrig wirkten. Manu hatte mir per SMS noch mitgeteilt, dass sie für die dritte Konzertkarte noch jemanden organisieren würde. Die weite Strecke wollte sie nicht allein fahren, und der alte Opel ihrer Eltern sei auch nicht die erste Wahl, wenn es darum ging, am Nachmittag mal eben zwei Landesgrenzen zu überqueren, um ein Konzert am Abend zu besuchen.

Als ich am frühen Abend die Wohnungstüre öffnete, hätte ich das, was ich da neben meiner Freundin sah, auch nicht unbedingt als erste Wahl beschrieben. Weder den knöchellangen, schwarzen Ledermantel, der für einen italienischen Frühling viel zu warm war, noch die fast hüftlangen, zum Zopf gebunden Haare des Mannes, der da vor mir stand. Wäre er mir nachts begegnet, ich hätte die Straßenseite gewechselt. „Das ist Taucher", stellte Manu ihn strahlend vor und wollte wissen, wie ich ihn finde. Unter uns … Ehrlichkeit ist in so einem Moment nicht angebracht. Ich lächelte und sagte nichts. Das musste ich auch nicht. Er war nett, längst nicht so wild, wie er auf den ersten Blick wirkte, und Manu bis über beide Ohren verliebt in ihn. Wir hatten einen wunderbaren Abend. Das Konzert war unglaublich, und danach liefen wir bis spät in die Nacht durch Verona, und ich konnte endlich all die schönen Orte, die ich bei meinen einsamen Spaziergängen entdeckt hatte, einer Freundin zeigen. Mitten in der Nacht fuhren die beiden wieder nach Hause. Taucher hatte am nächsten Tag einen Termin, und ich konnte mich nicht einmal mehr erkundigen, wie er zu seinem Namen gekommen war.

Zwei Wochen darauf gab Jamiroquai in der Arena ein Konzert. Ich besorgte wieder Karten. Diesmal aber regulär im Vorverkauf und auf den ausdrücklichen Wunsch einer Handvoll Freunde. Sie hatten von Manu gehört, dass die Stadt wirklich schön sei, und wollten unbedingt die Wohnung ohne Fenster sehen. Nachdem die ersten Erfahrungsberichte über meinen neuen Wohnort in meinem Freundeskreis die Runde machten, konnte ich mich über mangelnden Besuch nicht mehr beschweren. Ganz im Gegenteil – von März bis tief in den Herbst hinein war mein Sofa künftig ausgebucht, und wir schliefen an vielen Wochenenden zu dritt oder zu viert in meinem Bett. Die Anschaffung zusätzlicher Kissen und Decken hatte sich gelohnt.

Grausam schön

Florenz würde er eigentlich nicht mögen, sagte mein italienischer Chef mehr als einmal, wenn er über seine Heimatstadt sprach. Die Stadt würde einen mit ihrer Schönheit erschlagen und sei zu prächtig und makellos für sein eher schlichtes Gemüt. In Verona würde er sich heimischer fühlen. Ähnliches erzählte eine Kollegin über ihre Geburtsstadt. Sie liebte Venedig, und zugleich hasste sie die Stadt, weil sie per Geburt dazu verdammt war, sie zu lieben, und es bevorzugt hätte, sich selbst dafür zu entscheiden. Aqua alta – das Hochwasser – sei einfach nur lästig, und die Touristenmassen genauso charmant, wie sich in den Wehen liegend durch die Grachten ins Krankenhaus schaukeln zu lassen. Ich selbst hatte keine italienische Geburtsstadt. Weil es mich aber nach Verona gespült hatte, war es meine italienische Heimat, und ich verstand, was meine Kollegen meinten, wenn sie von der grausamen Schönheit italienischer Städte sprachen. Für mich war es weniger die Schönheit der Stadt, obwohl sie natürlich vorhanden war. Ich hatte mehr mit dem Gefühl zu kämpfen, dass dieser Ort für mich perfekt und zum Greifen nah war und ich es trotzdem nicht schaffte, ganz anzukommen. An mehr als einem Tag habe ich meine neue Heimatstadt ähnlich wie sie verflucht und zum Teufel gewünscht, zugleich aber heiß und innig geliebt. Warum das so ist, weiß ich nicht, vielleicht kann man etwas nur dann richtig lieben, wenn man um die Tücken und Schwierigkeiten weiß. Verona ist für mich ebenso grausam schön wie Florenz für meinen Chef und Venedig für Aia, meine Kollegin. Aus anderen Gründen, aber wenn ich ganz ehrlich bin, dann hätte mir diese verdammte Stadt am Anfang fast das Kreuz gebrochen. Trotz der Besuche aus München und obwohl ich schon nach wenigen Wochen um nichts in der Welt mehr von diesem schönen Fleck wegwollte.

Verona ist ein bisschen wie München, sagt man. Verona, dank Romeo und Julia die Stadt der Liebe, und die Weltstadt mit Herz, wie München sich selbst nennt, sind nicht umsonst Partnerstädte. Wenn man als Münchnerin am Brunnen vor der Arena das Münchner Kindl lächeln sieht, dämmert einem schnell, dass das nicht unbedingt gut ist. Beide Städte heißen ihre Besucher herzlich willkommen, machen es Dauergästen aber schwer, Fuß zu fassen. In beiden Städten ist es nicht leicht, Anschluss zu finden. Wenn man ankommt, dann ist man erst einmal allein. Ganz allein. Es nützt einem wenig, dass die Gemüsehändler in beiden Städten herzlich und freundlich sind, wenn man am Abend allein in der Wohnung sitzt und mit der Wand sprechen muss, weil sonst keiner zuhört. Natürlich ist es schön, wenn man einen Kaffee mit strahlendem Lächeln in die Hand gedrückt bekommt und gefragt wird, wie es einem geht. Ins Kino muss man am Abend trotzdem allein gehen. Es hilft nur, durchzuhalten und zu hoffen, dass es besser wird.

Manchmal, wenn ich mit Münchner Freunden im Schlepptau durch die Straßen der Stadt lief, fühlte ich mich trotz des Glücksgefühls, endlich hier zu leben, ein wenig traurig. Das Wetter war frühlingshaft warm, an meiner Seite waren Menschen, die ich gernhatte, und doch lag in meinem Magen ein blöder Kloß, der nicht verschwinden wollte. Längst waren mir die Straßen Veronas vertraut. Die großen, prachtvollen, und die kleinen, verwinkelten. Meine Füße trugen mich automatisch an all die schönen Plätze, die ich zu zeigen versprochen hatte, und nie enttäuschte ich meinen Besuch. Es waren wunderschöne Orte. Die, an denen das Leben pulsierte und man mit allen Sinnen in den Süden eintauchte, und die, an denen es still und einsam war und man die jahrhundertealte Geschichte in den Steinen unter sich spüren konnte. Verona war wunderschön und schaffte es doch immer wieder, mir das Gefühl zu vermitteln, hier doch eigentlich gar nicht hinzugehören. Als Besucher herzlich willkommen, als Dauergast nur geduldet und nicht dazugehörig. Keine Stadt in Italien hatte mir je zuvor dieses Gefühl vermittelt, aber ich hatte auch in keiner zuvor versucht, ein Teil von ihr zu werden. Sieh mich an, schien sie zu sagen, ich bin perfekt. Weniger gefährlich als Neapel oder Palermo, kompakter und genauso schön wie Rom, längst nicht so eitel und arrogant wie Florenz oder Mailand und nicht dem Wahnsinn verfallen wie Venedig. Ich wäre perfekt für dich, flüsterte die Stadt mir beständig ins Ohr und wählte bewusst den Konjunktiv, den ich selbst längst spürte. Sie wäre perfekt, wenn man sich nur heimisch fühlen könnte. Es waren die Kleinigkeiten, die dieses Gefühl anfangs verhinderten. Obwohl ich mit jedem Tag mehr in den Alltag und das echte Leben in Italien eintauchte, hatte ich noch immer das Gefühl, mit diesem nicht Schritt halten zu können.

Man hätte mir in der ersten Woche am Einwohnermeldeamt mitteilen müssen, dass es nicht leicht wird. Es wäre nur fair gewesen, wenn man meine anfängliche Euphorie ein wenig ausgebremst hätte. Man hätte mir sagen müssen, dass der Kampf mit den Behörden nur der erste Schritt ist und dass die Einsamkeit der ersten Tage zwar verfliegt, es dann aber erst so richtig losgehen würde. Den blöden Stadtplan, den man mir zusammen mit meiner Aufenthaltsgenehmigung überreichte, hätte man sich sparen können. Viel wichtiger wäre ein Faltblatt gewesen, das einem beruhigend erklärt, dass es ganz normal ist, sich in den ersten Wochen wie ein kompletter Idiot vorzukommen. Zu Hause in München war der Alltag leicht. In Verona dagegen scheiterte ich anfangs schon im Supermarkt beim Versuch, eine Packung Sahne zu kaufen. Können Sie sich vorstellen, wie blöd man sich vorkommt, wenn man dreißig Minuten an den Kühlregalen entlangläuft und nach etwas so Banalen wie Sahne sucht? Ich kann Ihnen versichern, dass man sich sehr, sehr dumm vorkommt. In einem Faltblatt für deutsche Auswanderer sollte daher zum Beispiel stehen, dass es Sahne, so, wie wir sie kennen, in Italien in vielen Supermärkten schlicht nicht gibt. Auf so eine Idee kommt man doch von allein nicht. Dort sollte auch stehen, dass der Schulbus sich äußerlich in keiner Weise vom Linienbus unterscheidet und dass die Fahrer einen, wenn man falsch eingestiegen ist, stur und unnachgiebig erst an der nächsten Grundschule wieder aussteigen lassen. Unnötig zu erwähnen, dass diese grundsätzlich in einem völlig unbekannten Viertel vor der Stadt liegt. Sie hätten einem auch erklären können, wie und wo man seinen Müll wegbringt und dass die Zebrastreifen in diesem Land ausschließlich Dekorationszwecke erfüllen und ganz sicher kein heranrasendes Auto zum Abbremsen bewegen. Und nicht zuletzt hätte die schrecklich unfreundliche, aber sicher mit Lebensweisheit gesegnete alte Fregatte bei den Stadtwerken einer frisch in die Stadt gezogenen Deutschen neben dem Merkblatt für die Nutzung der Strom- und Gasversorgung auch ein Faltblatt über die Anwendung weiblichen Lächelns in die Hand drücken können. Ich lächelte in meinen Anfangstagen immer, allein schon, weil ich kaum etwas verstand. Ich lächelte so lange, bis mich eine Nachbarin darauf hinwies, dass ich die Finger von ihrem Mann lassen solle. Sonst würde es scheppern. Ich lächelte dann etwas dosierter und nicht mehr ganz so strahlend.

Ein Vierteljahr etwa dauerte es. Dann wurde ich, über Nacht und ohne eigenes Zutun, zu einer vollwertigen Einwohnerin Veronas. Es war ein Montagmorgen, als man mir in der Bar, in der ich morgens im Stehen meinen Espresso trank und meine Brioche aß, ein kleines Kärtchen über den Tresen schob und schwungvoll einen der zehn aufgedruckten Kreise mit einem Stempeldruck versah. Ab heute würde mir jedes Frühstück angerechnet werden, und beim zehnten war der Espresso umsonst. Es mag banal klingen, aber das war der Anfang. Ein kleiner, unscheinbarer Stempel am Morgen war es, der mich künftig von Touristen und Wochenendbesuchern der Stadt unterschied. So funktionierte es. Eine Karte, ein Stempel – und zack: Herzlich willkommen, Sie haben drei Monate durchgehalten und dürfen sich jetzt entspannen. Bleiben Sie, so lange Sie wollen, und lassen Sie sich versichern, ab jetzt werden Sie diese Stadt im Herzen tragen, und ein Teil von Ihnen wird immer hierbleiben. Das sagte natürlich niemand. Aber so fühlte es sich an. Und so war es.

Angekommen sind auch Micha und ich. So wie mir die Stempelkarte in der Bar erst nach ein paar Monaten überreicht wurde, so dauerte es auch eine Weile, bis wir uns wieder vollständig annäherten. Der Start wäre mir sicher leichter gefallen, wenn ich ihn öfter um Hilfe oder Rat gefragt hätte. Dass ich es instinktiv nicht tat, war rückblickend aber richtig gewesen. Manches muss man allein schaffen, damit es sich richtig anfühlt, und um manches muss man kämpfen, bevor man es nach gewonnenen Schlachten sein Eigen nennen kann. Anfangs hatte ich viel zu kämpfen. Mit Behörden und Stromausfällen und manchmal auch mit der frustrierenden Suche nach einem dummen Becher Sahne. Und doch, auch wenn er einen Schritt zurückgetreten war, mein bester Freund stand in diesen Tagen immer hinter mir. Damit ich mich nicht mehr als nötig versklavte, las er meinen Arbeitsvertrag, bevor ich ihn unterschrieb. Wenn ich keinen Cent mehr in der Tasche hatte, dann war er es, der den Kaffee bezahlte oder behauptete, dass er versehentlich zu viel eingekauft hatte, und mir eine Tüte in die Küche stellte. Gab ich doch einmal zu, dass ich mich allein fühlte, dann lag sein Arm den restlichen Tag um meinen Schultern. Ohne ihn wäre es um einiges schwerer gewesen. Dass unsere Wege sich wieder gekreuzt hatten, war ein unglaublicher Zufall und ein großes Glück. Noch viel größer aber war das Glück, zu sehen, dass er und ich als Freunde noch viel besser funktionierten und es bis heute tun.

Eine Freundschaft, die manchmal häufig aus wenigen Worten bestand. Als in meiner Wohnung wieder einmal die Sicherungen heraussprangen, erwähnte er beiläufig, dass er umziehen würde. Er stand in meinem fensterlosen, dunklen Wohnzimmer und schien zu überlegen. Dann sprach er weiter. Seine neue Wohnung sei zweihundert Meter von mir entfernt, die Straße hinauf gelegen. Eine nette Dachwohnung. Das Haus war frisch renoviert, und das Treppenhaus hell. Wieder schwieg er eine Weile, und als auch die zweite Sicherung in meiner Küche heraussprang, murmelte er etwas von einer fensterlosen Bruchbude. Im zweiten Stock, schräg unter seiner neuen Wohnung, würde bald ein

Appartement frei werden. Vermutlich mit Fenster und funktionierender Elektrik. Am Abend sahen wir uns das Haus von außen an. Micha bestand darauf, dass ich den Makler selbst anrief, um mich nach der freien Wohnung zu erkundigen. Sonst würde ich es ja nie lernen, sagte er. Während ich also telefonierte und stammelnd erklärte, was ich wollte, stand er grinsend neben mir. Manchmal gestikulierte er wild, schüttelte den Kopf und stieß mich an. Das Telefonat übernahm er aber nicht, und ich kam mir wie ein junger Hund vor, den man an der langen Leine schnüffeln ließ und immer erst im letzten Moment, bevor er in ein Auto rennen konnte, mit einem kräftigen Ruck zurückkriss. Eine etwas gewöhnungsbedürftige Spracherziehung, aber sie funktionierte.

Ich bekam die Wohnung und erzählte Micha einige Tage später, dass er mich nicht loswerden würde. Grinsend nickte er. Ja, dass der Versuch nichts bringen würde, hätte er längst verstanden und erinnerte mich daran, dass ich ohne ihn nie nach Italien gegangen wäre. Leider führte mein Umzug einige Wochen später zu dem Verlust einer anderen Freundschaft. Einer der ersten, die ich in Verona schloss.

(K)eine
Zweckgemeinschaft

Es gibt viele Arten von Zweckgemeinschaften. Sie alle haben gemein, dass sie aus pragmatischen und nur selten aus romantischen oder tief empfundenen Emotionen heraus gebildet werden. So kann man manche Ehen durchaus auch mit der wirtschaftlichen Definition der Zweckgemeinschaft beschreiben. Nach ein paar Jahren sind sie der Zusammenschluss von mehreren Personen, die sich – häufig vertraglich – verpflichten, ein gemeinsames Ziel durch Zusammenwirken zu erreichen und die entsprechenden erforderlichen Voraussetzungen zu schaffen. Es versteht sich von selbst, dass die Beteiligten einer solchen Ehe häufig unterschiedliche Vorstellungen davon haben, was das Schaffen der erforderlichen Voraussetzungen betrifft. Am Ende ist der Zweck der Gemeinschaft beiden Parteien nicht mehr bewusst, und sie schaffen die Voraussetzungen, den Zusammenschluss dauerhaft an die Wand zu fahren. Meine Freundin Roza und ich waren keine eheliche Zweckgemeinschaft. Das war damals, als wir uns in Italien kennen lernten, noch nicht erlaubt und beidseitig auch nicht erwünscht. Wir wurden zu einer Zweckgemeinschaft, weil wir keine andere Wahl hatten und uns in einem heruntergekommenen Waschsalon in Verona ganz pragmatisch die einzige noch funktionierende Maschine teilen mussten.

Während sich die Maschine träge, aber unerträglich laut um unsere Kleidung kümmerte, teilten wir uns einen Espresso und eine Brioche. Wenn man die eigene mit fremder Unterwäsche wäscht, dann kann man auch gleich aus einer Tasse trinken und abwechselnd von einem Hörnchen abbeißen. Noch vor dem Schleudergang wussten wir, dass wir uns nicht das letzte Mal getroffen hatten. Roza war wie ich neu in der Stadt, und ich war wie Roza unangenehm knapp bei Kasse. Während wir die Wäsche in meiner Küche aufhängten, stellten wir fest, dass wir noch mehr gemeinsam hatten. Beide waren wir ohne einen wirklichen Plan einem Bauchgefühl folgend in Verona gelandet, und beide waren wir ursprünglich einem Mann in dieses Land hinterhergelaufen. Und weiter hätten wir beide Letzteres niemals zugegeben und versicherten uns, dass uns die kulturelle Vielfalt und die Abenteuerlust nach Italien getrieben hatten. Die warme italienische Luft trocknete die deutsche und die ungarische Wäsche in genau der Zeit, die wir brauchten, um uns anzufreunden. Am Abend wusste ich bereits, dass Roza ihre kleinen Zehen hasste und vier Schwestern hatte. Vielleicht hatte sie auch nur vier Zehen und hasste ihre Schwestern. So genau verstand ich das nicht, weil uns neben all dem anderen auch unsere noch immer mangelhafte Kenntnis der italienischen Sprache verband. Natürlich hätten wir uns auf Englisch unterhalten können. Machten wir aber nicht. Wer sich durch den italienischen Behördenwahnsinn gekämpft hat, der gibt nicht auf, nur weil er kaum ein Wort der anderen versteht. Wir brachten uns gegenseitig Italienisch bei. Das hatte den hübschen Nebeneffekt, dass wir auch die Fehler und Eigenarten des anderen übernahmen. Nach einigen Wochen sprachen wir ein Italienisch, das den harten deutschen Akzent von mir und den ungarischen Singsang von ihr ganz herrlich vereinte. Nur verstanden hat uns niemand mehr. Besonders meine Kollegin Sara verzweifelte in dieser Zeit an mir. Gerade erst hatte ich begonnen, besser Italienisch zu sprechen, als ich dank Roza neue und für sie völlig unverständliche Fehler zu machen begann.

Roza profitierte bei unserer Zweckgemeinschaft vor allem von meiner Wohnung. In Italien gab es für Unverheiratete in der Regel nur zwei Wohnarten. Entweder man mietete sich ein Zimmer direkt in der Wohnung seines Vermieters und gab jegliche Selbstbestimmung an der Türschwelle ab, oder man besorgte sich ein posto letto. Einen Schlafplatz in einem Zwei- bis Vierbettzimmer, das man oft für Stunden nicht mehr betreten konnte, weil der Mitbewohner unter seiner Bettdecke Besuch empfing. Roza hieß ihren Besuch in meiner Wohnung willkommen, und ich hockte oft stundenlang mit einem Buch in meiner Küche, um das verliebte Paar nicht zu stören. Weil bei einer Zweckgemeinschaft aber immer beide profitieren müssen, nahm mich Rozas Freund, wenn sie arbeiten musste, abends oft auf seiner Vespa mit und zeigte mir die Gegend rund um den Gardasee. Mit ihm und seinen Freunden lernten Roza und ich dann auch wieder ein besseres Italienisch und verlebten ganze Wochenenden am See oder am Meer.

Weil wir außer den Männern, denen wir gefolgt waren, kaum jemanden in der Stadt kannten, verbrachten Roza und ich so gut wie jede freie Minute gemeinsam. Bei Zweckgemeinschaften ist das so. Nach drei Monaten hatten wir das Gefühl, uns bereits ein Leben lang zu kennen und alles voneinander zu wissen. Seltsam, denn eigentlich erzählt man sich in einer Zweckgemeinschaft weit weniger. Wir mussten es uns erzählen, weil wir noch keinen großen Freundeskreis hatten, in jenen Monaten aber auch keinen brauchten. Dank der kaputten Waschmaschine hatte ich das gefunden, was mir in der Stadt noch fehlte – eine Freundin. Roza wusste alles von mir und ich von ihr. Alles außer ihrem Nachnamen. An unseren Klingelschildern standen wie häufig in Italien Nummern und keine Namen. Als Roza ihre Koffer packte, um für ein paar Uniklausuren zurück nach Ungarn zu fahren, vergaß ich zu fragen. Wir waren uns so sicher, dass wir uns im Winter wiedersehen würden, dass wir uns am Bahnhof nur kurz um den Hals fielen, uns eine Brioche teilten und uns ohne viele Worte verabschiedeten.

Als ich nach einigen Monaten umzog und Roza noch immer nicht zurück war, gab ich meiner Nachmieterin meine neue Adresse, damit sie mir mögliche Post von

Roza nachschicken konnte. Später erfuhr ich, dass auch sie schon nach wenigen Wochen wieder ausgezogen war. Rozas Freund traf ich zufällig wieder. Roza hatte ihm ihre E-Mail-Adresse dagelassen. Ihre Handschrift war so schwer zu lesen wie ihr Italienisch am Anfang zu verstehen gewesen war. Unsere Mails kamen nie an.

Ich habe Roza nie wiedergesehen. Es war keine Zweckgemeinschaft. Für drei Monate war sie meine beste und engste Freundin, und ich vermisse sie noch immer. Ab und zu frage ich mich, was sie damals aufgehalten hat. Immer hielt ich die Augen offen, wenn ich an meiner ersten Wohnung vorbeiging. Dann blieb ich stehen und hoffte, dass sie wie durch ein Wunder auf den Stufen sitzen würde. Ich mache es auch heute nach all den Jahren noch, denn irgendwann … irgendwann treffen wir uns wieder. Das weiß ich.

Italienisch kann ja nicht so schwer sein II

Spätestens seit meiner Zeit mit Roza fiel es mir nicht mehr schwer, italienisch zu sprechen. Auch wenn meine Grammatik ein wenig eigenwillig und mein Akzent undefinierbar war – die Hemmung, zu sprechen, verschwand, und mein Italienisch wurde gut. Betrachtet man den absoluten Nullpunkt, an dem ich begann, war das allerdings auch keine Leistung. Meine Sprachkenntnisse wurden besser, weil es in einem fremden Land unabdingbar ist, sich verständlich zu machen. Selbst in einer Stadt wie Verona, die von deutschen Touristen ganzjährig überschwemmt wird, kam man immer wieder in Situationen, in denen weder das Deutsch, das viele hier sprachen, noch das Englisch, das in beider Länder Schulen gelehrt wurde, eine Hilfe waren. Zum Beispiel dann, wenn man morgens die Klospülung betätigte und das Wasser unten zwischen Toilette und Boden herausrann. Dann nützte es einem wenig, dass fast jeder Veroneser in gutem Deutsch den Weg zu Julias Balkon erklären konnte und man in jedem Café in der eigenen Muttersprache nach dem Wohlbefinden gefragt wurde. Wenn man barfuß im Abwasser stand und einen Klempner anrief, dann musste man italienisch sprechen. In meinem Fall widmeten sich am Telefon gleich drei Handwerker meinem Problem. Ich erzählte dem ersten, was gerade passiert war, hörte ihn lachen und wurde gebeten, es einem zweiten noch einmal zu erzählen. Auch der lachte und reichte den Hörer an eine Frau weiter, die ich mit meiner Schilderung ebenfalls zu amüsieren schien. Am Nachmittag erklärte mir der Klempner vor der Toilettenschüssel kniend, dass sie selten eine so lustige und offensichtlich unmögliche Schilderung eines Wasseraustritts gehört hatten. Was genau ich damals sagte, weiß ich heute nicht mehr. Dass es sie amüsierte, wunderte mich nicht, denn andere Fehler sind mir noch gut in Erinnerung.

Meinen Arbeitskollegen Silvio zum Beispiel schockierte ich im ersten Monat so nachhaltig, dass er mir sechs Monate lang aus dem Weg ging. Auch später sah er mich manchmal misstrauisch aus dem Augenwinkel an und hob bei zufälligem Blickkontakt sofort die Hand mit seinem Ehering nach oben. Lange wusste ich nicht, was ich bei einem Mittagessen eigentlich so Schlimmes gesagt hatte, um dieses Verhalten hervorzurufen. Wir saßen an einem runden Tisch, aßen unsere Pasta, und weil es an diesem Tag so unglaublich heiß war, hatten wir alle große Gläser mit Wasser vor uns stehen. Silvio stieß das seine um und schüttete sich große Teile des Getränks in seinen Schoß. Da er direkt neben mir saß, konnte ich die Bescherung auf seiner hellen Leinenhose deutlich sehen und sagte mitfühlend, dass dieser Fleck auf der Hose nun ein wirklich großer

Mist sei. Wie man es eben so sagt: „So 'ne Scheiße!"
Oder präziser: „Was für eine große Scheiße!" Auf meine Wortwahl achtete ich nicht besonders. Zum einen
arbeitete ich in einer Im- und Exportfirma für Gemüse, in der der Ton schon einmal etwas ruppiger sein
konnte, zum anderen fehlte mir schlicht der Wortschatz, um mich hübscher und gepflegter auszudrücken. Nun muss man wissen, dass es in der italienischen Umgangssprache ein Wort gibt, das man synonym für „Mist", „Scheiße" und das männliche
Geschlechtsteil verwenden kann. Während ich das verschüttete Wasser und den damit verbundenen Fleck auf
der Hose bedauerte, hörten meine Kollegen, wie eine
kleine, harmlos lächelnde Blondine in den Schritt eines
Mannes starrte und impulsiv „Was für ein großer
Schwanz!" ausrief. Es war nicht das letzte Mal, dass ich
für Irritationen sorgte.

An manchen Abenden verstand ich das schnelle,
stark dialektgefärbte Italienisch nicht und verließ
mich darauf, dass Micha mir das Wesentliche schon
übersetzen würde. Er tat es oft, aber nicht immer. So
antwortete ich manchmal auf die Frage, ob ich einen
Nachschlag der wunderbaren Pasta haben wollen würde, mit einem freudigen Nicken und schüttelte wenige Momente später den Kopf, wenn man sich erkundigte, ob es denn auch schmeckte. Vermutlich hielten
mich die Gastgeber für verfressen und undankbar und
mein Freund mich für einen unerschöpflichen Quell
an Anekdoten. Nur manchmal griff er ein. Dann,

wenn ich dabei war, etwas zu sagen, von dem er glaubte, dass es auch ihn beträfe oder mich dauerhaft schädigen könne. So mochte er es zum Beispiel gar nicht, wenn ich mich versehentlich mit LKW-Fahrern im Morgengrauen am Liefereingang eines Großmarktes verabredete. Die Frage, wie man so etwas versehentlich überhaupt machen kann, ist berechtigt. Mit dem mir zur Verfügung gestellten Mobiltelefon sollte ich das auch nicht tun. Ich hatte es, um den LKW-Fahrern unserer Firma geänderte Lieferdaten mitzuteilen oder im Notfall, bei einem Stau oder Unfall, umgekehrt die Märkte über die verspätete Ankunft des Fahrers zu informieren. An einem Freitagabend wollte ich genau das tun: Dem Fahrer sagen, dass der Termin sich geändert hat und man ihn in der von mir mitgeteilten Stadt an einer bestimmten Rampe des Großmarktes erwarten würde. Weil der arme Mann mich wohl nicht verstand und immer wieder nachfragte, erklärte ich es ihm mit einer Engelsgeduld. Ich war besonders freundlich, weil er anscheinend ein bisschen doof war, und versicherte ihm lächelnd – denn das Lächeln spiegelt sich in der Stimme, wie ich wusste –, dass man ihn ganz ohne jeden Zweifel erwarten würde. Als ich es das dritte Mal sagte, nahm Micha mir das Telefon aus der Hand und wiederholte es selbst für den Fahrer. Allerdings grammatikalisch korrekt. Während ich sagte „Aber natürlich, ich erwarte dich an der Rampe", sagte er „Sie werden an der Rampe erwartet". Ein nicht unwesentlicher Unterschied, zumal meine geduldige Stimme auch als lockend und einladend interpretiert werden konnte.

Micha war es auch, der mich irgendwann zur Seite nahm und mir den Unterschied zwischen „ich weiß nicht" und „es interessiert mich nicht" erklärte. Natürlich konnte ich mir „interessare" vom Deutschen ableiten, aber das umgangssprachliche „me ne frega niente" übersetzte ich wochenlang mit „das weiß ich nicht/das ist mir nicht bekannt", und weil mir damals vieles nicht bekannt war und ich wenig wusste, wurde es zu einem meiner am häufigsten gesprochenen Sätze. Anfangs lachte man, aber irgendwann wurden die Blicke komisch. Micha teilte mir mit, dass ich mit diesem Satz ein überaus deutliches Desinteresse an den Tag legen würde, das zudem reichlich unfreundlich klang. Es war mir unangenehm. Vor allem, wenn ich an die vielen Situationen dachte, in denen ich den Satz benutzt hatte. Fragte mich die Kollegin, ob ich wüsste, wo sie ihre Brille hingelegt hatte, antwortete ich, dass mir das egal sei. Fragte man mich, ob ich Kaffee oder Wasser wollte, zuckte ich mit den Schultern und sagte, dass mir das völlig schnuppe sei. Ich war schrecklich unhöflich, und das über Wochen. Schuld, dass ich diese Redewendung so oft benutzte, waren übrigens das Fernsehen und ganz besonders „Grande Fratello". Die italienische Version Big Brothers startete wenige Tage nach meiner Ankunft, und ich verfolgte sie mit großem Interesse. Wenn man Ihnen sagt, dass man eine fremde Sprache am besten über Bücher und Filme lernt, dann ist das sicher richtig. Dennoch sollten Sie darauf achten, was Sie sich ansehen und lesen. Fünfzehn in einem Container zusammengepferchte junge Menschen lehren Sie sehr, sehr viele Worte und Redewendungen. Gut ein Drittel davon sollte man außerhalb des engsten Freundeskreises aber nicht benutzen. Meine Kollegen waren in dieser Hinsicht sehr geduldig. Ich vermute, dass sie selbst sehr gut wussten, dass nicht nur das Fernsehen und meine Freunde mein Italienisch verhunzt hatten. Auch sie haben ihren Beitrag geleistet.

Kaum in Italien angekommen, wurde ich im Büro am Telefon mit LKW-Fahrern aus allen Teilen des Landes konfrontiert. Heute bin ich mir fast sicher, dass sie sich einen Spaß daraus machten, mir ihren Dialekt ungefiltert um die Ohren zu hauen. Richtiger wäre es, zu sagen, ihre Dialekte. Es gab einige, und irgendwann verstand ich sie tatsächlich. Wenn ich heute mit meinen Freunden aus Italien spreche, sehen sie mich alle ein wenig mitleidig an. Mein Italienisch muss grausam klingen. Stellen Sie sich einen Griechen vor, der in Hessen gelebt hat und von einem Sachsen, einem Bayern und einem Schwaben die deutsche Sprache in den jeweiligen Dialekten gelernt hat. Mein früherer Chef meinte vor einigen Jahren leise seufzend, dass sie es gründlich versaut hätten. Ich würde wie ein kleines, liebes und schüchternes Mädchen aussehen. Bis ich den Mund aufmachte. Dann würde ich wie eine ordinäre Landpomeranze klingen, deren Herkunft undefinierbar sei und die rapide an Reiz verlöre. Ich habe versucht, ihn zu beruhigen. Vielleicht liegt es nicht ausschließlich an der sehr speziellen Spracherziehung, die ich in Italien genossen habe. Ich komme schließlich aus dem Münchner Stadtteil Giesing. Da muss man auch zweimal hinsehen, um zu erkennen, wie schön es dort ist. Unten. Nicht oben.

Monaco di Baviera
unten und nicht oben

Nach einiger Zeit in Italien übernahm ich den fast schon penetranten Lokalstolz, den man hier gerne an den Tag legte. Nicht unbedingt, weil ich echten Stolz empfand, sondern vielmehr, weil mich die oberflächliche Beantwortung der Frage nach meiner Herkunft schon beim Aussprechen langweilte. In Italien entfacht die Frage nach der Geburtsstadt eine Leidenschaft, die nur noch bei Erkundigungen der bevorzugten Fußballmannschaft oder der Nord-Süd-Problematik so stark zu Tage tritt. Kein einziger Italiener, den ich in dieser Zeit getroffen habe, beließ es bei der Frage nach seiner Herkunft mit der Auskunft seiner Nationalität. Sie schleuderten mir ein Wort entgegen und sahen mich erwartungsvoll an. Wenn ich Glück hatte, waren sie aus Rom, Mailand oder Neapel. Städte, die ich kannte und bei denen ich sofort ein Bild vor Augen hatte. Dann war es leicht, die Begeisterung des Gegenübers zu teilen. Eine Begeisterung, die von mir erwartet und vorausgesetzt wurde. Eine Stadt oder ein Landstrich kann noch so scheußlich sein – irgendetwas Schönes sollte einem dazu einfallen. Falls nicht, ist das Verhältnis zu seinem Gesprächspartner dauerhaft zerrüttet. Zum Glück bin ich ganz gut darin, allem etwas Schönes abzuringen.

Schwieriger wurde es, wenn ich nicht einmal wusste, ob ich die Stadt oder den Ort überhaupt kannte. Da warf mir der Mann hinter der Bar ein „Palermitano" entgegen und hielt meinen Kaffee in die Luft, ohne ihn mir zu geben. Nicht, bevor ich etwas Nettes über seine Heimatstadt oder die Palermitani im Allgemeinen gesagt hätte. Mit etwas Phantasie kann man sich denken, dass er aus Palermo kam. Vorausgesetzt, man hätte das Wort klar verstanden. Hatte man aber nicht, denn die Palermitani sprechen ein Italienisch, das oft eher arabisch oder griechisch klingt. Wenn man in einer Bar nur lange genug grenzdebil grinsend herumsteht, bekommt man den Kaffee am Ende natürlich auch, ohne etwas zu sagen. Es wäre allerdings schade, weil der Kaffee dann erstens nicht mehr heiß wäre und man zweitens die Chance auf ein schönes Gespräch vergeudet hätte.

Ich bin schnell dazu übergegangen, auf die Frage nach meiner eigenen Herkunft nicht mehr nur mit Monaco (was übrigens falsch ist, ich komme aus Monaco di Baviera – ein großer Unterschied) sondern mit „Monaco di Baviera, Giesing – unten, nicht oben" zu antworten. Sollte es Sie einmal in das kleine Örtchen Cava de' Tirreni in der Provinz Salerno verschlagen, gehen Sie in eine Bar und behaupten Sie frech, Sie seien ein Münchner. Egal, ob Sie gefragt wurden oder nicht. Sagen Sie es einfach. Man wird Sie begeistert in ein Gespräch verwickeln und lange über die Vor- und Nachteile des Giesinger Berges, der Rivalität zwischen blauen und roten Fußballvereinen und dem Verschwinden der besten Eisdiele Münchens plaudern können. Ich habe hier monatelang ganze Arbeit geleistet. Die könnten Sie unterstützen, wenn Sie etwas von Hildesheim oder Düsseldorf erzählen. Man wird Ihnen gerne zuhören.

Atmen, das reicht

Wenn man sich entschließt, nach Italien auszuwandern, dann sollte man unbedingt darauf achten, dass man im ersten Jahr einen richtig heißen Sommer erwischt. Einen, der später als Jahrhundertsommer bezeichnet wird und an den man sich sein Leben lang erinnert. Nicht unbedingt, weil es sich bei einem solchen Jahrhundertsommer um ein besonders schönes Ereignis handelt, sondern vielmehr, weil man so auch gleich dieses Extrem am Anfang er- und überlebt. Extreme Hitze passt hervorragend zum Wahnsinn italienischer Behörden, Einsamkeit, Heimweh, einer Zahnwurzelbehandlung und ungewollten Kontakten mit der örtlichen Polizei und Feuerwehr. Wer auswandert, egal wohin, sollte sowieso darauf achten, dass er jeden Mist bereits in den ersten Monaten erlebt hat und sich den Katastrophen gleich am Anfang stellt. Wer dann bleibt, den haut so schnell nichts mehr um. Ich erledigte den Anruf bei der Feuerwehr in der ersten Nacht, ließ mein Auto am dritten Tag abschleppen und fand mich auf einer Polizeistation wieder, hatte meine hysterischen Heulkrämpfe in den Wartehallen italienischer Behörden in den ersten zwei Wochen und verzweifelte am italienischen Arbeitsmarkt im ersten Monat. Die entzündete Zahnwurzel beglückte mich in der ersten

Arbeitswoche, und eine Wohnung mit Fenster ergatterte ich erst nach einiger Zeit. Nach alldem glaubte ich, gerüstet zu sein. Mit dem italienischen Sommer hatte ich zu diesem Zeitpunkt nicht mehr gerechnet.

Wenn man italienische Behörden als „Dantes Inferno" beschreibt, kann man einen italienischen Jahrhundertsommer als einen der neun Höllenkreise betiteln. Den betritt man freilich nicht als Tourist. Die bekommen gar nicht genug von der Sonne. Selbst wenn es ihnen den Hintern verbrennt, wenn sie in der Arena sitzen, murmeln sie noch etwas von herrlichem Wetter. Als Tourist schlendert man ja auch in gemächlichem Tempo durch die Gassen und pausiert alle naselang in einem schattigen Café. Man kühlt die Körpertemperatur mit einem Pfund Eis herunter und frönt dem südlichen Dolce far niente. So hat sich das wohl auch mein Vater vorgestellt, als er im Spätsommer in München losfuhr, um seine Tochter zum zweiten Mal in Italien zu besuchen. Ich glaube, er hatte schon am Brenner die Nase voll. Dass er die Fahrt bereute, sah ich an seiner Körperhaltung, als ich ihn gegen fünf Uhr an einem Freitagabend in der Nähe der Arena traf. Er atmete. Das erleichterte mich. Sehr viel mehr tat er nämlich nicht mehr. 450 Kilometer in einem damals noch nicht klimatisierten Auto hatten ihm den Rest gegeben. Er stieg ja schon bei großer Hitze in München, das sich ebenfalls in den Klauen des Jahrhundertsommers befand, ein. Vermutlich mit der Vorstellung, dass es nicht schlimmer werden könne. Ich musste ihn enttäuschen

– es wurde schlimmer. Nicht einmal die Spaghetti mit Meeresfrüchten in dem schönen kleinen Lokal, in das ich ihn führte, schmeckten ihm. Er saß zwischen Micha und mir und atmete – ein wenig flach, aber immerhin – und kaute. Das Kauen beruhigte uns ein wenig. Der arme, weichgekochte Mann musste ja zu Kräften kommen. Müde teilte er mir bei der Nachspeise mit, dass er nun verstehen konnte, warum ich eine Wohnung ohne Fenster gemietet hatte. Die wäre kühl. Scheußlich, aber wenigstens kühl. Ich trank drei Espressi, bevor ich meinem Vater gestand, dass ich umgezogen war. Die neue Wohnung hatte eine riesige Fensterfront. Südwestseite.

Mein Vater überlebte. Im flachen Wasser des Gardasees liegend. Meine Freunde und ich waren froh, dass er sich ab und zu bewegte, sonst hätten wir uns doch Sorgen gemacht. Instinktiv tat er aber genau das Richtige. Atmen, kauen, liegen und auf keinen Fall bewegen. So kann man einen Jahrhundertsommer fast genießen. Wenn man sich aber morgens schon überlegt, wie viel Stoff man anlegen muss, um nicht als Flittchen zu gelten, und nach einem Sprint zur Bushaltestelle auch die wenige Kleidung durchgeschwitzt hat, dann freut man sich über jedes Gewitter. Meine Kollegen machten sich damals Sorgen um ihren deutschen Neuzugang. Nicht nur, weil der mitten im Industriegebiet zwischen all den LKW-Fahrern ein wenig zu kurze Kleidchen trug, sondern auch, weil er aus Kostengründen nicht in einem klimatisierten Auto zur Arbeit kam, sondern tapfer in der prallen Sonne die Schnellstraße entlangradelte. Zwei Drittel meiner Sommersprossen an Knien, Schultern und Nasenspitze stammen aus diesem Sommer.

Natürlich hatte ich in meiner Wohnung auch keine Klimaanlage. Diese scheußlichen, aber herrlichen Kolosse konnte ich mir nicht leisten. Ich schlief mit hochgesteckten Haaren auf einer Isomatte, die ich auf den Fliesenboden legte, weil es im Bett zu warm war, und kühlte meine Körpertemperatur in klimatisierten Supermärkten auf ein erträgliches Niveau. Manchmal auch in den wirklich teuren Klamottenläden der Innenstadt. Dort war man zu höflich, um mich zu verscheuchen. Stur sorgte ich für Wasserknappheit im Viertel, weil ich die Blumen auf meinem Balkon durch den Sommer bringen wollte, und verbrachte das Wochenende nicht am, sondern im Gardasee. Freunde besuchten mich in diesen Wochen kaum. Die wenigen, die es taten, rieten den Daheimgebliebenen ab. In meiner Wohnung zeigte das Thermometer dank der großen Fenster auch nachts um drei noch eine laue Temperatur von etwa 38 Grad an. Wer doch mutig genug war, zu mir zu kommen, schlief auf dem Balkon. Dort besuchten einen zwar gerne die Nachbarskatze und ab und an eine Eidechse, aber die Luft bewegte sich wenigstens ein kleines bisschen.

Ich habe ihn geliebt, diesen Sommer. Noch mehr, als Micha sich eine Klimaanlage kaufte. Abends schleppte ich mich nach oben zu ihm, ließ mich vor den Kasten fallen, streckte alle viere von mir und verharrte regungslos. Er ignorierte mich und stieg gelassen über mich hinweg. Nur ab und zu blieb er stehen, um zu sehen, ob ich noch atmete, und ließ eine Olive oder ein Stück Käse in meinen Mund fallen.

Ferragosto

Ob sie jemanden aus der Isolation retten solle, fragte mich Francesca via SMS. Garniert mit einem Smiley, der boshaft lächelte, und dem Hinweis auf einen neuen, modernen Supermarkt in der Nähe meiner alten Wohnung. Ein wenig teuer, aber immerhin nachmittags geöffnet. „Nicht nötig", schrieb ich schmunzelnd und wünschte ihr einen schönen Feiertag. Ich war in München, und meine Wohnung in Verona stand leer. Hier in Bayern war Maria Himmelfahrt, bei ihr in Italien Ferragosto. Obwohl Italien durch und durch katholisch ist, kennt man den 15. August nur als den Tag, der als Wendepunkt des Sommers empfunden wird. Zurückgehend auf Kaiser Augustus, der bereits 8 v. Chr. mehrere freie Festtage eingeführt hatte, macht der Italiener rund um den 15. August Ferien. Damit Sie mich richtig verstehen … nicht viele Italiener fahren in dieser Zeit in den Urlaub, sondern alle Italiener. Als ich den zweiten Sommer in Italien verbrachte, wusste ich das bereits. Es hielt mich allerdings nicht davon ab, einem befreundeten Pärchen großzügig meine Wohnung anzubieten. Natürlich könnten sie gerne kommen und bei mir wohnen. Es sei zwar etwas warm, mitten im August, dafür sei die Stadt aber auch recht ruhig. Fast schon gemütlich. Dass die Stadt ausgestorben, verdorrt und schlichtweg tot war, verschwieg ich ihnen. Zwei Jahre zuvor hatten mir die beiden mehrere Abende gründlich verdorben, indem sie vehement versuchten, mich an einen vom Hauch der Verzweiflung umwehten Kommilitonen zu verschachern. In jenem Sommer war ich noch beleidigt und überließ ihnen meine Wohnung daher sehr gerne.

Am 13. August, ich lag mit einer Freundin auf der Höhe Roms im Schatten am Meer, schrieben sie mir, dass sie überrascht seien, wie sehr sich die Hitze in der Stadt staute. Aber schön sei es. Tatsächlich sehr ruhig, und wenig Menschen in den Straßen. Schläfrig las ich die Nachricht, bevor ich zum Abkühlen in die Wellen sprang. Leer waren die Straßen sicher. Außer Touristen war keiner so blöd, sich bei über 30 Grad durch die schmalen Gassen zu schieben. Abends waren die Gäste in meiner Wohnung ein wenig enttäuscht. Gerne wären sie essen gegangen, berichteten sie, aber die Lokale hätten fast alle geschlossen. Natürlich hatten sie das, dachte ich. Ferragosto stand vor der Tür, und zwei Tage vor dem Höhepunkt war alles, was sich noch bewegen konnte, in die Berge oder ans Meer gefahren. In Italien auch ein Großteil der Gastronomen. Natürlich nicht alle. An den touristischen Hot Spots gab es reichlich geöffnete Lokale und Bars, aber von denen hatte ich vehement abgeraten. Nicht aus Bosheit, sondern ernstgemeint und fürsorglich. Das Essen dort war nicht besonders gut und recht teuer. Dorthin wollten meine Freunde also auf keinen Fall. Verhungern würden sie natürlich trotzdem nicht. In meiner Küche befanden sich mehrere Packungen Miracoli, die auf ihre Art ja auch typisch italienisch waren.

Am nächsten Tag, den ich im Schatten dösend oder im Meer plantschend verbrachte, verzweifelten meine Freunde an der ausgestorbenen Stadt. Es wäre ja schön, schrieben sie, durch die Gassen zu schlendern und freien Blick auf alle Sehenswürdigkeiten zu haben, aber gerne hätten sie die eine oder andere Pause in den von mir empfohlenen Cafés oder Bars gemacht. Die hätten aber alle das gleiche Schild an der Tür hängen: „Chiuso per ferie" – wegen Urlaub geschlossen. Und nicht nur das, es sei auch unmöglich, sich halb verdurstet eine Flasche Wasser zu kaufen. Einzig rund um die Arena hätten die Cafés geöffnet, aber dort sammelten sich alle Touristen, und die Preise für eine Flasche Wasser seien unverschämt. Und überhaupt … auch die Museen wären nicht geöffnet. Wenn schon kein Dolce Vita, dann hatte man auf Kultur gehofft. Ich empfahl den Bahnhofskiosk, an dem man sich einen Espresso kaufen konnte, und Supermärkte am Randgebiet der Stadt. Mit dem Auto waren die in knapp einer halben Stunde zu erreichen.

Am Vormittag des Ferragosto, dem Höhepunkt der italienischen Ferienzeit, saß ich mit gut einem Dutzend Verwandten meiner italienischen Freundin auf der Terrasse des Ferienhauses, das dem Großcousin eines angeheirateten Onkels gehörte, und schnippelte Oliven. Zu Ehren des Feiertages hatten wir uns das Salzwasser von der Haut gewaschen und bereiteten ein herrliches Abendessen vor. Meine Freunde in Verona fühlten sich dank der Hitze in der Stadt ebenfalls bereits gut gar gekocht. Die in jedem Reiseführer beschriebenen Fragmente aus der Römerzeit bezeichneten sie als saublöde Steinhaufen, die Adige als stinkende Brühe und den Balkon meiner Wohnung als nicht zu betretenden Grill. Als sie sich erkundigten, ob man das Leitungswasser wirklich nicht trinken sollte, und erzählten, dass sie nach vier Stunden im Stau den Versuch eines Ausflugs an den Gardasee abgebrochen hatten, bekam ich Mitleid. Francesca, eine Nachbarin, war wie meine Münchner Gäste dazu verdammt, in der Stadt auszuharren. Sie arbeitete im Touristenbüro und war eine der wenigen Italienerinnen, die auch an den Tagen rund um Ferragosto arbeiten mussten. Sie bat ich, die zwei armen Deutschen in der Wohnung gegenüber unter ihre Fittiche zu nehmen.

Eine Woche später kehrte ich nach Verona zurück. Auf dem Küchentisch lag ein Zettel meiner Freunde. Sie bedankten sich für einen wunderschönen Abend, den sie inmitten einer italienischen Großfamilie außerhalb der Stadt verbracht hatten. Verstanden hatten sie kaum etwas, aber die Gastfreundschaft war wunderschön und das Essen besser als in jedem Restaurant. Ganz zu schweigen von dem grandiosen Feuerwerk, das sie gesehen hatten. Nur die Tage davor, die hätten sie sich anders vorgestellt.

Ich habe mir sagen lassen, dass es heutzutage etwas besser geworden ist. Dank der Touristen hätten mehr Läden und die großen Supermärkte rund um Ferragosto geöffnet. Dennoch sollte man in dieser Zeit nur nach Italien fahren, wenn man weiß, worauf man sich einlässt. Ans Meer oder in die Berge zu fahren ist übrigens keine Lösung. Dort sind nämlich all die Italiener, die aus den Städten fliehen, und die haben längst die schönsten Plätze besetzt, wenn die Touristen auf die gleiche Idee kommen. Bleiben Sie am besten zu Hause.

Autofahren in Italien

In Italien fahre ich nur ungerne Auto. Dass ich einen Führerschein besitze und durchaus geübt hinter dem Steuer bin, sind für mich noch lange keine Argumente, um in Italien eine Autotür auf der Seite des Lenkrades zu öffnen. Ganz ehrlich, ich tue es mir einfach nicht mehr an. Italien und ich, das ist eine Sache. Eine ganz andere Sache sind der italienische Verkehr und ich. Zwei Dinge, die nicht zusammengehen und die sowohl zu einem hoffnungslosen Chaos – verursacht durch mich – auf innerstädtischen Straßen führen als auch zu permanentem Herzrasen – verursacht durch das Chaos des italienischen Verkehrs – bei mir. Der Verkehr und ich, wir haben es versucht. Jahrelang. Heute sind wir an einem Punkt angelangt, an dem wir begriffen haben, dass aus dieser Romanze niemals eine Liebesgeschichte werden wird. Wir gehen uns aus dem Weg, und ich konzentriere mich auf das, was ich mit großer Ruhe und Gelassenheit wirklich gut beherrsche: Deutsche Freunde und Familienmitglieder als vorausschauender und ortskundiger Beifahrer durch das Chaos zu geleiten. Eigentlich ist es auch kein Chaos. Im Gegenteil, im Grunde ist es ganz leicht. Viel leichter als in Deutschland mit all seinen Vorschriften.

Die wohl wichtigste Regel ist, dass es zwar Regeln gib, diese aber nur am Rande gelten. Rechts vor links kennt man auch in Italien. Dennoch wäre niemand so verrückt, sich darauf zu verlassen. Genauso wenig wie auf Vorfahrtsschilder oder den irrwitzigen Gedanken, dass man sich durch das bloße Einreihen in die Abbiegespur die Möglichkeit nimmt, weiter geradeaus zu fahren. Wenn man grundsätzlich die Vorfahrt gewährt und damit rechnet, dass sich die Autos vor, hinter und neben einem beim Anfahren in jede nur mögliche Richtung bewegen, ist man auf der sicheren Seite. Dass diese gegenseitige Rücksichtnahme durchaus funktionierte, lernte auch meine Freundin, die mich nach einem Besuch in München zurück nach Verona begleitete. Drei Mal schon schaffte sie es nicht, sich auf der großen Kreuzung der Schnellstraßen kurz vor der Stadt in die richtige Spur einzureihen. Obwohl die Kreuzung hübsch war und uns die kleine Schleife, die sie fahren musste, um es erneut zu versuchen, an einem schönen Park vorbeiführte, wurde sie langsam nervös. Beim vierten Mal erklärte ich ihr, dass es sinnlos sei, auf eine Lücke zu warten, und der Blinker nichts nützte, wenn sie die Ernsthaftigkeit ihres Vorsatzes, die Spur zu wechseln, den anderen Verkehrsteilnehmern nicht deutlicher mitteilte. Ihr panisches „Ja, wie denn?" beantwortete ich mit einem Lächeln und dem Hinweis, eben einfach die Spur zu wechseln. Beim fünften Mal klappte es. Sie lachte hysterisch und hatte es begriffen. Einfach fahren. Das machen alle, und weil es alle machen und alle wissen, dass es jeder macht, rechnet man damit, und der Verkehr fließt auf ganz wundersame Weise. Für einen deutschen Autofahrer ist dieses Wunder besonders schön. Durch den halben Herzinfarkt, den er erleidet, und den beständigen Ausstoß von Adrenalin erreicht man bei der Ankunft ein Glücksgefühl, das mit den Emotionen größter Verliebtheit vergleichbar ist.

Überhaupt ist das Autofahren in Italien mit dem Gefühlschaos einer sich anbahnenden Beziehung vergleichbar. Schwebt man, dank des Erreichens seines Ziels, noch auf rosaroten Wolken, zieht bei der Parkplatzsuche schon das erste Gewitter auf. Besonders wichtig: eine Parklücke ist meistens nur eine Lücke, aber ganz sicher kein Parkplatz. Befindet sich am Randstein eine blaue Linie: kein Parkplatz. Gelbe Linie: ein theoretischer Parkplatz, sofern man einen Automaten findet, an dem man ein Ticket lösen kann. Gelbschwarze Linie: auch kein Parkplatz. Gar keine Linie: in den meisten Fällen kein Parkplatz, und man stellt sein Auto besser nur als Ortskundiger oder Einheimischer ab. Letzteres ist besonders heimtückisch.

Direkt nach meiner Ankunft habe ich es mehrfach probiert. So parkte ich mein Auto am Tag der Schlüsselübergabe meiner ersten Wohnung inmitten vieler anderer Wagen, die in einer langen Reihe zwischen zwei kleinen Straßen standen, und war sehr erleichtert, keine der besagten Linien am Boden zu sehen. So erleichtert, dass ich, mit dem Schlüssel in der Tasche, mit meiner Freundin erst einen Kaffee trank und wir dann, mich in der vermeintlichen Sicherheit wiegend, dass wir uns um das Auto nicht sorgen mussten, gleich noch zu Abend aßen. Als wir einige Stunden später zurückkehrten, erkannten wir, dass es sich bei den zwei kleinen Straßen eigentlich um eine einzige, recht große handelte, auf der unübersehbar unser Auto stand. Nicht am Rand – nein, es war mitten auf einer großen Straße geparkt, und der Verkehr floss an ihm vorbei. Das wundersame Verschwinden des nachmittäglichen Parkplatzes erklärte mir einige Wochen später mein Nachbar. Wir hatten unser Auto gegenüber einer Behörde abgestellt. Tagsüber, wenn viele Menschen dort ein- und ausgingen, stelle man sich einfach in die Mitte der Straße und schuf so eine Parkinsel. Sobald die Behörde schloss, verschwand auch der improvisierte Parkplatz und wurde wieder zu einer breiten Straße. Kopfschüttelnd fragte er mich, wie ich so dumm sein könne, mein Auto einfach mitten auf die Straße zu stellen. An solch riskante Manöver trauten sich selbst Italiener nur in ihren Heimatstädten, und selbst dort nur in den Vierteln, die sie wirklich gut kannten.

Künftig vermied ich riskante Manöver und konzentrierte mich darauf, dafür zu sorgen, dass die Autos mich besuchender Freunde nicht abgeschleppt wurden. Wie gut mir das gelang, kann man bei den Mitarbeitern des Autohofes für abgeschleppte Fahrzeuge erfragen. Nach den ersten drei Monaten grüßten wir uns bereits wie alte Bekannte, und nach einem Jahr bot man mir bei der Abholung diverser Autos einen Kaffee an. Freude an meinen Autoerlebnissen hatte auch Micha. Der beobachtete sie meist von seinem Balkon aus, mit einer Tasse Kaffee in der Hand. Legte ich dann den Kopf in den Nacken und rief fragend nach oben, ob ich so stehen bleiben konnte, schüttelte er meist nur den Kopf und schnalzte mit der Zunge. No. Kein Parkplatz. Rief ich ihn an und fragte, ob ich dort vielleicht … er sagte no, kein Parkplatz, noch bevor ich ihm überhaupt den genauen Ort nennen konnte. Die Chance, dass es eben keine Parklücke war, war zu groß. Micha empfahl grundsätzlich die Anreise mit dem Zug. Vermutlich auch, weil er ahnte, dass meine Freundinnen ähnlich versierte Autofahrer wie ich waren. Wenn ich ihm dann zu erklären versuchte, dass ich eigentlich eine ganz gute Autofahrerin sei, erinnerte er mich nur schmunzelnd an Elba.

Dort musste er die Insel einmal für ein Wochenende verlassen, während ich noch blieb. Als ich ihn an der Fähre absetzte und er mir seine Autoschlüssel in die Hand drückte, bat er mich noch, auf die Einfahrt bei seiner Wohnung zu achten. Die sei etwas eng. Er hatte das Festland noch nicht erreicht, als ich anrief und ihn darüber informierte, dass die kleinen Mäuerchen der Einfahrt wirklich extrem nah beieinanderstanden. Ein wenig zu eng für sein Auto. Dass er damals nur tief einatmete und ein „Nicht so schlimm" zwischen den Lippen hervorpresste, rechne ich ihm noch heute hoch an. Und auch, dass er seinen Kaffee immer dann zur Seite stellte und nach unten kam, wenn ich seine Hilfe wirklich brauchte. Zum Beispiel, als eine Freundin mit einem geleasten BMW-Cabrio Z3 anreiste. Auf die Frage, ob wir den unten am Fluss abstellen konnten, antwortete er mit einem entschiedenen Nein. Ob es oben in unserem Viertel möglich sei … wieder ein Nein. Diesmal mit dem Hinweis, dass mir langsam aufgefallen sein müsste, dass unser Viertel zwar schön, aber für Autos nicht wirklich sicher sei. Die dritte Frage mussten wir nicht mehr stellen. Er fuhr sein eigenes Auto aus der Garage und überließ sie uns. Für einen Moment spielte er wohl mit dem Gedanken, sich das Schauspiel unseres Wendemanövers in der engen Gasse von oben, von seinem Balkon aus anzusehen. Ich vermute, die Sorge, dass wir ihm das Garagentor abfahren könnten, hielt ihn davon ab. Ein ganzes Wochenende lang fuhr er das fremde Auto morgens raus und abends rein.

Mit den Jahren hat sich in meinem Freundeskreis herumgesprochen, dass ich bei italienischen Verkehrsfragen die falsche Ansprechpartnerin bin. Zu oft habe ich Besucher als Beifahrer in Einbahnstraßen oder Fußgängerzonen gelotst. Ein bisschen beleidigt bin ich aber, dass auch meine italienischen Kollegen mich für unwissend den deutschen Verkehr betreffend hielten. Ich wollte ihnen das Gegenteil beweisen, als einer unserer LKW-Fahrer Hilfe benötigte und im Büro gerade alle außer mir in der Mittagspause waren. Aufgrund einer Vollsperrung der Autobahn kurz vor Kufstein musste er auf die Landstraße ausweichen und war in Kiefersfelden gegen eine Ampelanlage gefahren. Das war mein Moment. In dieser kleinen Stadt war ich schon oft gewesen und kannte jede Ecke. Souverän diskutierte ich mit dem bayerischen Polizisten, klärte Haftungs- und Versicherungsfragen der Firma und freute mich, wie leicht das alles ging, wenn ich Deutsch sprechen konnte. Auf Bayerisch war es sogar ein noch größeres Vergnügen. Enthusiastisch lotste ich anschließend unseren Fahrer durch den Ort. Weil ich das Städtchen so gut kannte, bestand ich darauf, dass er in diesem Fall doch mir und nicht dem Navi vertrauen sollte. Er hätte es besser nicht getan. Es ist dann doch ein Unterschied, ob man eine Strecke oft entlanggeradelt ist oder ob man sie mit einem vollbeladenen LKW fährt.

Als Fremdenführer
unschlagbar

Rückblickend bin ich über die anfängliche Einsamkeit in Italien mehr als froh. Bis heute gibt es keine Stadt (meine Heimatstadt München eingeschlossen), die ich so gut kenne wie Verona. Nicht unbedingt die Bars und Restaurants, die im Laufe der Jahre immer schneller ihren Besitzer änderten, aber was den Rest angeht, so kenne ich jeden Stein. In Verona ist das wörtlich zu nehmen, denn die Stadt besteht aus Steinen. Alten Steinen, herrlichen Steinen, Geschichten erzählenden und warmen Steinen. Sie alle sind mir bis ins Mark vertraut. Bei meinen Freunden in Deutschland hatte sich schnell herumgesprochen, dass es bei mir mit den Verkehrsregeln hapern mochte, ich als Fremdenführer aber unschlagbar war. Nach wenigen Monaten kamen nicht nur meine Freunde zu Besuch, sondern schickten auch ihre Bekannten oder ihre Familien zu mir in den Süden. Ich nahm sie alle auf und hielt für jeden ein ganz individuelles Stück Verona parat.

Alle brachte ich als Erstes zur Piazza Bra, um dort in einem der Cafés mit Blick auf die Arena etwas zu trinken. Ganz ohne Zweifel reihten sich hier die hässlichsten Touristenschleudern aneinander. Teuer, nicht besonders charmant und hoffnungslos überlaufen. Gesehen haben muss man sie dennoch. Es ist sinnlos, einem Besucher aus Deutschland zu erklären, dass es schönere Orte gibt und dass die Pizza hier das Niveau eines deutschen Lieferservices hat. Sie glauben es nicht, und sie wollen alle ausnahmslos zuerst dorthin. Um Diskussionen zu vermeiden, begann ich also immer dort, an der Arena. Meistens vereinbarte ich mit meinen Besuchern als Treffpunkt gleich das Parkhaus in der Nähe, denn das war einfacher, als sie durch die kleinen Gassen bis zu meiner Wohnung zu lotsen. Anschließend führte ich sie durch die prächtige Einkaufsstraße zum zweiten Wahrzeichen der Stadt – dem Balkon Julias. Es hilft ja nichts. Verona ist die Stadt der Liebe, und man kann sie unmöglich begreifen, ohne nicht einmal unter dem berühmtesten aller Balkone gestanden zu haben. Und – für mich besonders wichtig – man vertraut der Einheimischen nach diesem Besuch deutlich mehr. Wer sich erst einmal kurz vor dem Erstickungstod befunden hat, weil er zwischen amerikanischen, asiatischen, europäischen und australischen Touristen versucht hat, einen Blick auf die Statue der Julia zu werfen, der war froh, wenn ich danach milde lächelnd anbot, es jetzt mit etwas weniger Überlaufenem zu probieren.

Zu Beginn am äußeren Ufer der Adige entlang die Innenstadt umrunden. Dort unter den Bäumen ist es selbst im Hochsommer schattig, und während man immer einen wunderschönen Blick auf die Altstadt hat, kann man sich ruhig und ungestört unterhalten.

Manchmal erfuhr ich erst bei diesen Spaziergängen, wer genau mich gerade besuchte. Meine Telefonnummer wurde in dieser Zeit so häufig weitergegeben, dass es mich nicht gewundert hätte, den Cousin dritten Grades eines Kindergartenfreundes beherbergen zu dürfen. Ich hatte Glück – jeder meiner Besucher war eine Bereicherung, und ich blieb auf dem Laufenden, die alte Heimat betreffend.

Später ging es am anderen Ufer zurück, und diesmal suchte ich kleine Bars und winzige Restaurants aus. Sie waren günstiger und zugleich kulinarisch um Längen besser. Hatte sich die Hitze des Tages zurückgezogen, dann war es Zeit für die Innenstadt. Im Abendlicht oder der warmen nächtlichen Beleuchtung ist diese besonders schön. Oft setzte ich mich mit Freunden und Bekannten auf genau die Stufen, auf denen ich anfangs allein gesessen hatte, und nicht einer beschwerte sich, dass es ihm zu langweilig war. Sie alle saßen neben mir und spürten, dass dies hier viel mehr Italien war als der Eiskaffee vor der Arena. Piazza delle Erbe, Piazza dei Signori und die Gräber der Skaliger, erzählte ich aus dem Reiseführer, während wir auf den Stufen saßen und alle halbe Stunde ein paar hundert Meter weiterschlenderten, deutete auf den Pranger, führte zum Gavi-Bogen mit den uralten Pflastersteinen darunter und brachte fast jeden zur Brücke des Castelvecchio, auf der man gut und gerne noch ein bis zwei Stunden sitzen und dem Plätschern des Flusses lauschen konnte. Später ging es zu mir nach Hause, vorbei an Julia, bei der es jetzt ruhiger war, und vorbei an der Löwenpforte, die man fast übersieht, die aber aus der Römerzeit stammt und so sehr Geschichte ausstrahlt, dass man einfach kurz stehen bleiben muss. Später platzierte ich meine Besucher auf dem Balkon meiner Wohnung und befahl ihnen, tief einzuatmen und dem Stimmengewirr aus den umliegenden Wohnungen zu lauschen, während ich den Wein aus dem Kühlschrank holte. Häufig sahen sie mich dann an und murmelten: Das ist dein Italien, oder? Ich nickte. Genau das war mein Italien. Das und der Mensch, der schräg über mir wohnte und sich oft noch zu uns setzte.

Am nächsten Tag führte ich Freunde und Bekannte in die Hügel um die Stadt. Ich lief mit ihnen die kleinen Gassen hinauf, und wir genossen an den schönsten Plätzen den Blick über die Dächer. Später weiter zum Teatro Romano und in die Giardini Giusti, in denen sich schon Goethe wohlgefühlt hatte. Alles ohne Eile und ohne Stress, sonst kommt man ja nicht zum Sehen, Riechen und Fühlen. Und darauf bestand ich: wer mich besuchte, der sollte sich in diese Stadt verlieben. Sie taten es alle. Jene, die sich für Architektur interessierten, führte ich in kleine, aber ganz besondere Straßen, wer shoppen wollte, dem nannte ich die Adressen hübscher Läden, und wenn einer eine Abkühlung nötig hatte, verriet ich, wo sich die schönsten Strände am Gardasee verbargen. Oft bin ich mitgefahren. Noch öfter aber stand ich erschöpft und müdegeplaudert vor Michas Türe und war froh, mit ihm einfach in Ruhe einen Kaffee trinken zu können. Auf keinen Besucher hätte ich verzichten wollen, und doch war es manchmal zu viel. Mittlerweile hatte ich in Verona ein eigenes Leben, und all die Gäste im Alltag unterzubringen war anstrengend geworden. Besonders jene, die ich selbst nicht besonders gut kannte. Nach dem Besuch eines Pärchens, das nur bei mir schlief, sich sonst kaum sehen ließ und bei der Abreise fünfzig Euro auf den Tisch legte, beendete ich meine kurze, aber steile Karriere als Reiseführer und nahm nicht mehr jeden auf.

Natürlich gab es auch die Besuche, die sich wunderbar in den Alltag integrierten und die mir bis heute in lebhafter Erinnerung geblieben sind. Allen voran der von meinem Onkel und meiner Tante. Mein Onkel fällt bei mir daheim nicht besonders auf. Keiner würde sich nach ihm umdrehen. Verpflanzt man ihn aber unvermittelt in eine italienische Stadt, dann ist er nicht zu übersehen. Vor allem dann nicht, wenn er seinen Trachtenhut schwenkt und mit tiefer, sonorer Stimme nach seinem Madel brüllt und mir entgegenläuft. Er und meine Tante waren mit einer Reisegruppe an den Gardasee gefahren und für einen Nachmittag und einen Besuch in der Arena in Verona. Sie brachten mir ein ganz besonderes Stück Heimat mit, indem sie auf die Führung mit der Reisegruppe verzichteten und stattdessen mit mir durch die Stadt schlenderten und zu Abend aßen. Vieles kann man in einer fremden Stadt ersetzen – die Familie nicht. Mit ihnen gemeinsam ein Glas Wein zu trinken und später eine Oper in der Arena anzusehen war etwas ganz Besonderes.

Genauso wie der zweite Besuch meiner Tante, diesmal mit meiner Cousine zusammen. Nichts hilft besser gegen Heimweh, als zu dritt auf einem Bett zu liegen und grundlos zu lachen. Mit ihnen war es sogar im Getümmel vor Julias Balkon schön, und nur ihnen habe ich gestanden, dass ich an manchen Abenden mein Daheim doch sehr vermisse. Meine Cousine sah mich damals streng an und fragte, ob ich noch ganz sauber sei. Jahrelang jammerte ich Italien hinterher, und jetzt würde ich Bayern vermissen. Dann nahm sie mich in den Arm, drückte mir ein Bussi auf die Wange und versprach, immer da zu sein. Danach war der kurze Anflug vorbei. Vorsichtshalber schickte sie ihre Schwester einige Wochen später ebenfalls nach Verona. Wieder lag ich mit einem Teil meiner Familie auf dem Bett, und wieder wurde mir ein Stück Heimat gebracht. Sie alle versorgten mich so regelmäßig mit der genau richtigen Dosis, dass echtes Heimweh nie dauerhaft aufkam.

Hilflos im Schnee

Zu Hause in München habe ich mich jedes Jahr über den ersten Schnee gefreut. Wie ein kleines Kind rannte ich dann hinaus und hielt das Gesicht in die ersten feinen Flocken, die vom Himmel rieselten. Wie gerne hätte ich es auch in Verona gemacht, als es im Januar meines zweiten Winters ganz überraschend zu schneien begann. Leider konnte ich nicht. Ich war gezwungen, am Schreibtisch zu bleiben und ein Telefonat zu Ende zu führen. Eine von mir fehlgeleitete Lieferung empfindlicher Gemüsesorten zwang mich dazu. Es war Wolf, der Bürohund, der an meiner Stelle wie ein Irrer über den Parkplatz lief und versuchte, nach den Flocken zu schnappen. Während ich ihn schmunzelnd beobachtete, telefonierte ich weiter mit einem unserer Händler und teilte ihm begeistert mit, dass es hier in Verona gerade zu schneien begonnen hatte. Sofort änderte sich sein – angesichts des von mir wieder einmal angerichteten Chaos – zuvor noch genervter und ärgerlicher Tonfall. „Wirklich?", erkundigte er sich und fügte mit sanfter Stimme an, er hoffe, dass alles gutgehen würde und dass ich, falls ich mich nicht im Büro befand (ich telefonierte mit einem Handy), mich schnell dort einfinden solle. Sofern das noch möglich sei, schob er hinterher. Er wünschte mir alles Gute, und ich war amüsiert, aber auch etwas irritiert.

Sein Wortlaut erinnerte mich an den meines Kollegen Silvio, als seine Mutter sich im Süden des Landes befand und von einem leichten Erdbeben berichtete. Verstehen kann das nur, wer mindestens einen Winter in Italien gelebt hat. Verona liegt nur etwa 220 Kilometer vom Brennerpass in den Alpen entfernt, und das Skigebiet des Monte Baldo ist mit dem Auto schnell erreichbar. Dennoch verliert der durchschnittliche Veronese bei Schneefall auf wundersame Weise den Verstand. Ich vermute, er passt sich dem restlichen Land an und verharrt aus Solidarität in einer für das restliche Europa befremdlichen Schockstarre.

Fünf Minuten nach den ersten Flocken wurde ich beauftragt, für meinen Chef Antonio ein Hotelzimmer in der Stadt zu buchen. Bei einem solchen Wetter nach Hause zu fahren war ihm nicht mehr zuzumuten. Am frühen Nachmittag war die Schneedecke bereits auf bedrohliche 0,5 Zentimeter angewachsen, und die komplette Belegschaft unserer fünf Mann starken Firma stand mit sorgenvoller Miene am Fenster und hatte die Arbeit niedergelegt. Da, wo ein halber Zentimeter lag, konnte schließlich binnen kürzester Zeit auch ein halber Meter liegen, teilte man mir mit. Man hätte es 1929 erlebt. Bis zur Riviera gab es eine geschlossene Schneedecke, und bis südlich von Palermo lag das weiße Unheil. Damals, 1929, man könne sich noch genau erinnern. Ich hatte meine Kollegen deutlich jünger geschätzt, hielt aber den Mund. Schließlich lag es durchaus im Bereich des Möglichen, dass es nachts auf Brücken zu überfrierender Nässe kommen konnte, und ich wollte einen Unfall der Kollegen nicht heraufbeschwören.

Immer noch ungläubig über ihr Verhalten, versuchte ich, die angespannte Stimmung mit sanftem Sarkasmus aufzulockern. Der SUV meines Chefs würde eine Fahrt bei diesem Wetter sicher nicht überstehen, scherzte ich. Es war dem Mann wirklich nicht zuzumuten, nach der Arbeit nach Hause zu fahren. Wir sprechen hier von etwas mehr als 80 Kilometern schöner Autobahn, aber trotzdem. Eigentlich sprach nur ich davon. Als niemand lachte, fragte ich, ob ich ihn vielleicht falsch verstanden hätte, als Südtiroler wäre er mit Schnee doch sicher vertraut. Meine Kollegen beachteten mich nicht weiter und sprachen ausnahmslos von einem Schneechaos, obwohl seit einer Stunde kein Schnee mehr fiel. Man beschloss, das Büro einige Stunden eher zu schließen und auf schnellstem Weg nach Hause oder eben in ein Hotel zu fahren. Ich nicht. Ich blieb. Als Münchnerin mit einer Hütte in den Bergen, die besonders im Winter reizvoll ist, empfand ich dieses Verhalten als äußerst lächerlich und blieb stur auf meinem Bürostuhl sitzen. Ein Fehler.

Unser Büro lag im Industriegebiet, und ich musste über zwei Stunden zu Fuß nach Hause laufen, weil ab drei Uhr keine Busse mehr fuhren. Der öffentliche Nahverkehr war eingestellt worden. Obwohl der Schnee kaum zwei Zentimeter hoch auf der Straße lag und die

Wolkendecke bereits aufriss, verschanzte sich die Stadt, als triebe eine nukleare Wolke über sie hinweg. Der von mir bevorzugte Gemüseladen hatte geschlossen, und nur am Bahnhof wurde ein Minimum an Betriebsamkeit aufrechterhalten. Vor der Arena auf der Piazza Bra traf ich meinen Nachbarn Luigi. Obwohl seine Wildleder-Slipper im Schnee eine – auch für mich nachvollziehbare – Gefahr darstellten, lief er eilig auf mich zu. Was ich denn um Gottes willen bei diesem Wetter allein auf der Straße machen würde. Er hakte sich unter und zog mich energisch durch die sanft fallenden Flocken, bis wir zu Hause waren. Seine Frau behielt mich gleich in ihrer Wohnung. In solchen Krisenzeiten müsse man zusammenhalten – am besten bei einem dampfenden Teller Pasta. Ich widersprach nicht.

Wenn man mich nach dem Winter in Italien fragt, erzähle ich diese Geschichte besonders gerne. Was ich dann aber verschweige, ist, dass ich an jenem Tag acht Zentimeter hohe Pumps ohne Profil trug und am Ende des Tages mindestens genauso über den Schnee schimpfte wie meine Nachbarn. Der Winter in Italien ist gefühlt übrigens deutlich kälter als in weiten Teilen Deutschlands. Die Temperatur ist höher, aber an vielen Orten ist man einfach nicht auf plötzliche Kältewellen eingerichtet. Daunendecken und Heizungen mit deutscher Wärmeentwicklung braucht man so selten, dass man, wenn es dann einmal wirklich kalt wird, erbärmlich friert. Ein Grund, auf hohe Schuhe zu verzichten, ist das aber natürlich nicht.

Alltag

Ob alles in Ordnung sei, fragte mich Micha, als ich bei einem Abendessen ungewöhnlich ruhig war. Zwischen zwei Happen Pizza schüttelte ich den Kopf und legte das Besteck zur Seite. „Nein", sagte ich, „denn heute sind es genau 2.236 Tage, seit ich dem kleinen Fiat hinterherblickte, als du für immer aus München verschwunden bist. Und 1.752 Tage, seit du nach Mailand gezogen bist", fügte ich an, weil er mich gar so verständnislos ansah. „Ich weiß nicht, wie viele Tage, seit ich Schweinsbraten mit Oliven in Cava gekocht habe, und exakt zweimal 365 Tage, seit ich hier angekommen bin. Bisschen viel für einen Tag, oder?" Ich wiederholte es auf Italienisch für einen gemeinsamen Freund, der mit uns am Tisch saß und mich ebenfalls irritiert ansah. Ohne ein weiteres Wort stand ich auf und ging nach draußen. Es war wirklich zu viel für einen einzelnen Abend und ein banales Stück Pizza.

Am Vormittag, als ich an der Kasse eines Supermarktes stand, war mir aufgefallen, dass heute, an diesem 22. März, genau zwei Jahre seit meiner Ankunft in Verona vergangen waren. Kurz nur dachte ich an den chaotischen Einzug zurück und beeilte mich dann, eine Ladung Wäsche in die Maschine zu stopfen, damit sie in der Sonne trocknen konnte. Während ich sie auf-

156

hängte, dachte ich an Roza und die Zeit, in der ich zum Waschen entweder in den Waschsalon oder zu Micha laufen musste. Jetzt hatte ich ein Bad mit Fenster und Waschmaschine. Auch mein Wohnzimmer hatte ein Fenster und ich einen großen sonnigen Balkon. Auf dem trank ich am frühen Nachmittag einen Kaffee, als schräg über mir die Türe aufging und Micha sich über das Geländer beugte. Wir telefonierten kaum noch, seit wir im gleichen Haus wohnten, und kommunizierten zur Freude der Nachbarn lieber auf den Balkonen stehend. Unter mir wohnte seit einiger Zeit ein gemeinsamer Freund. An die Einsamkeit der ersten Wochen dachte ich kaum noch. Ich war es nicht mehr. Meine Kollegen, allen voran Luca, nahmen mich regelmäßig am Wochenende mit in die Clubs oder zum gemeinsamen Abendessen, und längst hatte ich an den Bushaltestellen oder den vielen Cafés junge Frauen in meinem Alter kennen gelernt.

Auch dachte ich kaum noch an die seltsamen Begegnungen der Anfangstage. Junge, alte und greise Männer, die mir stundenlang in der Stadt gefolgt waren, weil man mir ansah, dass ich allein war. Und nicht mehr an das Unverständnis in einem Supermarkt und die Verzweiflung eines Handwerkers oder LKW-Fahrers, wenn sie das Pech hatten, mich ans Telefon zu bekommen. An all das dachte ich an diesem 22. März nur noch selten. Italien war alltäglich geworden. Wunderschön und noch immer ab und an überraschend, aber längst vertraut und gewohnt, wie ein Paar liebgewonnener Jeans. Wir, Micha und ich, hatten „unsere" Pizzeria, in die wir so regelmäßig gingen, dass man sich zum Abschied umarmte, und ich hatte „meinen" Schuhladen, was für eine Frau womöglich noch viel wichtiger ist. Elba lag ein halbes Leben zurück, und Mailand gefühlt ein ganzes. Meine Heimat war jetzt Verona, und dass es so war, überraschte mich nicht mehr. Bis zum Abend in der Pizzeria. Da überraschte es mich plötzlich sehr.

Eine Stunde später saß ich mit einem Glas Wein und einem Stück Weißbrot auf meinem Balkon und blickte in die Fenster der gegenüberliegenden Hausfront. Es war bereits frühlingshaft warm, und die Fenster der meisten Wohnungen geöffnet. Um mich herum das alltägliche Leben jenseits der touristischen Sehenswürdigkeiten. Manche der Menschen, die hier lebten, kannte ich, andere waren mir noch fremd und viele würde ich nie kennen lernen. Der Alltag in einer italienischen Stadt unterscheidet sich nicht sehr von dem in einer deutschen. In der Wohnung mir gegenüber zerbrach seit Wochen eine Welt, während über mir ein neues Leben eingezogen war. Unten links starb einer, und einer, der ihn vermisste, blieb zurück, während im Haus hinter dem meinen so heftig gestritten wurde, dass man die Gasse mied, um es nicht hören zu müssen. Ich nippte an meinem Wein und sah still durch die erleuchteten Fenster auf der anderen Straßenseite. Das Paar im ersten Stock hoffte noch, während das darüber längst damit aufgehört hatte. Ob es stimmte, wusste ich nicht, ich beobachtete sie nur, aber das im ersten Stock umarmte sich nach einem Streit, während sich das darüber türenschlagend aus dem Weg ging.

Hier auf meinem Balkon in Veronetta saß ich inmitten des echten Lebens. Hier war das echte Verona. Eines, das man als Besucher nicht sieht. Da war das Kind, das seit April am Fenster seines Zimmers weinte. Und wenn es sich in den Schlaf geweint hatte, heulte auf dem Balkon die Mutter. Der Vater war weg, da konnte man nichts machen. In meiner Straße war es wie in der restlichen Stadt auch. Hier war das alltägliche Leben, und an manchen Abenden fragte ich mich, ob ich deswegen aus München wegziehen musste. Alles wie zu Hause. Der oben musste nicht aufs Geld schauen, während die direkt unter ihm jeden Cent zweimal umdrehte. Den Neuen unten kannte ich erst seit kurzem, und den schräg über mir so gut, dass ich ihm nach Italien gefolgt war. An diesem Abend wurde die Stadt klein, und es erschien mir fast lächerlich, für so viel Alltag über den Brenner nach Verona gekommen zu sein. Wenn man erst einmal angekommen war, unterschied sich das Leben doch gar nicht mehr so sehr von dem zu Hause.

Und während ich mich das fragte, zog es in meinem Magen. Ganz leicht nur, und hätte ich nicht so ruhig und still gesessen, hätte ich es wohl nicht bemerkt. Es zog und blubberte ein wenig. Es war das Glück, das ich empfand, weil ich hier inmitten des alltäglichen Lebens sitzen durfte. Italien machte mich glücklich. Mein

Fernweh war längst gestillt und die Abenteuerlust verschwunden. Geblieben war das tief empfundene Glück, zur richtigen Zeit am richtigen Ort zu sein. Dass ich angekommen war, hatte ich schon vor über eineinhalb Jahren bemerkt. Dass aber auch längst der Alltag eingekehrt war, erst an diesem Abend. Nie hätte ich gedacht, dass einen Alltägliches so glücklich machen kann.

Gieriges Herz

Ich weiß nicht mehr, wer von meinen Kollegen damit anfing, mich zu fragen, wie es denn mit der Liebe aussehen würde, aber nach kurzer Zeit taten es alle. Anfangs nur am Rande und beiläufig, nach und nach aber drängender und mit unverhohlener Neugier. Es sei doch nicht normal und viel zu teuer, in meinem Alter allein zu wohnen, erklärten sie mir und deuteten damit an, dass eine junge Frau einen Partner an ihrer Seite brauchte. Es geht doch nichts über Amore, raunten sie mir oft im Vorbeigehen zu, wenn ich das Büro bei schönem Wetter früher verließ, und zwinkerten albern, weil sie der festen Überzeugung waren, dass ich den Nachmittag nicht allein mit einem Buch am Ufer der Etsch verbringen würde. Nix mit Amore, fauchte ich dann und stürmte fluchtartig aus dem Büro, um weiteren Anspielungen zu entgehen. Etwa zwei Jahre nach meiner Ankunft in Verona hatten sie mich so weit. An einem Freitagabend verlobte ich mich mit Micha, nur damit sie mich in Ruhe ließen. Ohne den Anflug von romantischen Anwandlungen – und ganz ohne finanzielle Absichten – steckte ich mir den Ring, ein Erbstück meiner Urgroßmutter, selbst an den Finger und unterließ es, Micha über unseren neuen Beziehungsstatus zu informieren. Er hätte es mir womöglich doch ein wenig übel genommen, diese Entscheidung allein zu treffen, und zuvor darauf bestanden, sich aus seiner aktuellen Beziehung zu lösen. Darauf konnte ich nicht warten – ich musste mich verloben, sonst würde ich bei der nächsten Frage nach Amore Amok laufen. Auch meine Freunde in München begannen sich immer öfter zu erkundigen, ob es denn nicht jemanden gab, und wenn nicht, warum denn nicht. Keine Zeit und keine Lust, entgegnete ich dann und wechselte schnell das Thema, weil es für sie unvorstellbar schien, sich in der Stadt Romeo und Julias nicht zu verlieben. Einzig Micha, der fragte mich nicht. Er amüsierte sich über meine teils desaströsen Verabredungen und hielt sich ansonsten aus meinem nicht vorhandenen Liebesleben heraus. Außer wenn es ihn selbst betraf. So löste er die von mir einseitig geschlossene Verlobung umgehend auf, als er davon erfuhr. Auch als ich versuchte, ihn umzustimmen, und erklärte, dass viele uns eh für ein Paar hielten und ich meine Ruhe hätte, wenn wir es künftig einfach nicht richtigstellen würden. Er sah mich eine Weile an und fragte dann, ob ich noch alle Tassen im Schrank hätte. Runter mit dem Ring, forderte er und erklärte, dass er für weitere Rollen neben der des Wasserträgers, des Übersetzers und der Parkhilfe nicht zur Verfügung stand. Unerwähnt ließ er die des besten und engsten Freundes, zu dem er längst geworden war. Wir verstanden uns ohne Worte, und er kannte mich gut genug, um zu wissen, dass ich für einige Zeit auch gut ohne einen Mann an meiner Seite auskommen konnte.

Zeitgleich mit der Frage nach einer möglichen Liebschaft begannen sich Freunde und Familie in München auch nach meiner Rückkehr zu erkundigen. Eine Frage, an deren Antwort ich bisher keinen Gedanken verschwendet hatte. In den letzten Monaten war so viel passiert, dass ich an mein Leben in München nur noch dachte, wenn in regelmäßigen Abständen Mahnungen der Hochschule in meinem Briefkasten lagen, die mich daran erinnerten, ein neues Urlaubs- oder Praktikumssemester zu beantragen. Obwohl ich nie darüber sprach und kaum daran dachte, wusste ich, dass ich mich irgendwann entscheiden musste, ob ich bis auf weiteres in Verona bleiben oder nach München zurückkehren würde. Irgendwann, so dachte ich immer und schob die Entscheidung sorglos vor mir her. Sicher nicht in den nächsten Monaten. Vielleicht im Winter. Oder im Frühling. Irgendwann, aber jetzt noch nicht, dachte ich und ignorierte das Wissen um die drohende Exmatrikulation, weil meine Diplomarbeit noch immer nicht fertig, ja nicht einmal begonnen war. Nach über zwei Jahren des Pendelns zwischen den Ländern und zwei weiteren Jahren in Verona war ich wunschlos glücklich. Das Glück saß tief in meinem Bauch, und wenn ich mir die Fotos aus dieser Zeit ansehe, dann sehe ich es – das Glück. Es strahlt aus meinen Augen und lacht von meinen Schultern. Das Gesicht voller Sommersprossen, braun gebrannt und herrlich schlank, weil mir für

Schlemmereien noch immer das Geld fehlte, sehe ich auf den Bildern glücklich und zufrieden aus.

Ein glückliches Herz aber wird schnell gierig. Obwohl ihm nichts fehlt, beginnt es, sich zu fragen, ob es nicht doch noch etwas geben könnte, um das Glück noch vollkommener werden zu lassen. Verwöhnt und dumm beginnt es, sich umzusehen. Erblickt das Wenige, das es nicht hat, und behauptet fortan, dass dies das Eine sei, das es zum echten Glück noch brauchen würde. Noch immer führte ich jeden meiner Besucher zum berühmtesten Balkon der Stadt. Und wenn sie sich durch die Massen schlängelten, um ihre Hand auf die rechte Brust Julias zu legen und sich Glück in der Liebe wünschten, dann tat ich es heimlich, still und abseits stehend auch und begann mich zu fragen, ob nicht doch etwas fehlen würde. Es ist dumm, so ein Herz. Und schrecklich blind. So blind wie ich, als ich mich bei einem Besuch in München Hals über Kopf verliebte. Mein wild schlagendes Herz flüsterte, dass ich in Italien eben doch nicht alles hatte, und fragte, ob ich vor langer Zeit nicht der Liebe wegen fortgegangen war. Der Liebe wegen könne man doch auch zurückgehen, schlug es vor.

Es musste lange flüstern, weil ich ihm anfangs nicht vertraute. Liebe, Amore … ja, das war etwas Schönes und Wertvolles, aber ich war noch jung und fest davon überzeugt, dass früher oder später schon ein Mann kommen und meine Welt wieder in rosa Licht tauchen würde. Die kleinen Affären, die ich hatte, reichten mir, und das Leben hatte ja eben erst begonnen. Ob ich sicher sei, flüsterte das gierige Herz und deutete immer wieder auf den, der in München ungeduldig wartete, während ich meine Gefühle auf den Prüfstand stellte. Ich bat das Herz, doch bitte still, und die Schmetterlinge, noch ein wenig geduldig zu sein. Dann stellte mir der, von dem ich mir nicht sicher war, ob ich ihn lieben könnte, von München aus ein Ultimatum, und mein gieriges Herz schimpfte mich leichtsinnig. Wenn ich jetzt nicht zugreifen würde, dann würde ich es womöglich bereuen. Ähnliches stand auch in einem Brief der Hochschule. Wenn ich mich für das kommende Semester nicht zurückmeldete und im darauffolgenden meine Diplomarbeit ablieferte, würde man mich exmatrikulieren, und ich hätte umsonst studiert. Weitere Urlaubssemester für den Auslandsaufenthalt würden mir nicht angerechnet werden. Herz und Verstand schrien laut auf. Das erste Mal seit langem war ich gezwungen, wieder weiter in die Zukunft zu denken, und erschrak über die Tatsache, wie sorg- und gedankenlos ich die letzten Jahre in den Tag hinein gelebt hatte. Ich erinnerte mich, dass es eine Zeit gegeben hatte, in der mir mein Studium sehr wichtig gewesen war und ich es kategorisch ausgeschlossen hätte, für einen Hungerlohn italienische LKW-Fahrer durch halb Europa zu lotsen. Auch erinnerte ich mich, dass ich nie davon gesprochen hatte, für immer in Italien zu bleiben, und meine Familie fest damit rechnete, mich früher oder später wieder in ihrer Nähe zu haben. Nie hatte ich ihnen gegenüber

einen Ton verlauten lassen, dass ich nicht mehr zurückkommen würde. Zugleich ahnte ich, dass Micha und
meine Kollegen in Verona längst davon ausgingen, dass
ich bliebe und mich gegen die alte Heimat entschieden
hatte.

Ich musste nachdenken, und mein Bauchgefühl,
dem ich über viele Jahre blind gefolgt war, weigerte sich
diesmal, eine Entscheidung zu treffen. Das altbekann-
te Gefühl, zwischen zwei Ländern zu hängen, stellte
sich wieder ein, nur, dass ich mich diesmal nicht auf
mein Herz verlassen konnte, weil längst zwei davon in
meiner Brust schlugen. Vernunft, die Nähe zu meiner
Familie und Verliebtheit in Deutschland konkurrierten
mit einer Freundschaft, die mir unendlich wichtig war,
und einem Land, in dem ich angekommen war und das
ich längst mit jeder Faser meines Körpers liebte. Am
Ende sprach der Verstand ein Machtwort. Er und meine Mutter, die sich kurz vor meiner Exmatrikulation in
den Zug setzte und mir auf meinem Bett sitzend klipp
und klar sagte, dass sie keine Idiotin großgezogen hätte. Aufräumen, befahl sie und meinte damit nicht nur
meinen offen stehenden Kleiderschrank, sondern auch
und in erster Linie meine akademische Laufbahn und
die halbgare Beziehung zu meiner Münchner Liebelei.

Der Abschied war schlimm. Wie schlimm, wissen
nur Micha und meine Cousine, die mich damals abhol-
te. Nie zuvor und nie danach habe ich so hemmungslos
und lange geheult wie auf der Fahrt zurück nach München. Selbst meine Cousine, die sich mit emotionalen

Grenzgebieten, insbesondere mit den meinen, auskennt, war sich nicht sicher, ob sie mich wirklich zurückbringen oder nicht doch am Brenner wenden und mich wieder nach Verona fahren sollte. Zweimal hielt sie an und fragte mich, ob ich sicher sei. Ich war es nicht und nickte dennoch stur und trotzig. Meinem dummen, gierigen Herzen riss ich zur Strafe ein kleines Stück heraus und warf es kurz vor der Grenze zurück nach Verona und Italien. Wenigstens ein kleiner Teil sollte zurückbleiben.

Es war richtig, wieder zurück nach Deutschland und die Uni zu gehen, und ich bedauerte die Entscheidung nicht. Der Zeitpunkt aber, der war falsch. Nicht nur falsch, sondern fatal. Es war zu schnell, zu abrupt und zu fremdgesteuert. Ich brach so überstürzt auf, dass ich versehentlich einen viel größeres Teil meines Herzens zurückgelassen hatte, als mir guttat. Dass dieser Teil mir fehlte, merkte ich immer dann, wenn mich jemand auf Italien ansprach. Das sei abgeschlossen, antwortete ich knapp und wechselte schnell das Thema. Es war vorbei, und daran zurückzudenken tat zu weh. Manchmal fragten mich Freunde, ob wir nicht gemeinsam für ein paar Tage nach Italien fahren wollten. Ich lehnte immer ab. Micha fragte mich nie. Ich glaube, er wusste, warum.

Ein Jahr später

Über eineinhalb Jahre später, am Tag meiner Diplom-übergabe, hätte ich vor lauter Aufregung und Freude um ein Haar einen Fahrradfahrer umgerannt, sprang gerade noch vor einer heranbrausenden Trambahn zu-rück und vergaß mein Diplomzeugnis fast auf einem kleinen Mäuerchen, als ich es für Micha im strömenden Regen stehend fotografierte. Fatto – geschafft, schrieb ich ihm und stand durchnässt, aber strahlend vor Glück vor dem schmucklosen Bau, in dem die Verwaltung der Münchner Fachhochschule untergebracht war. Eine Schande, dass man ein so wichtiges Dokument in ei-nem so scheußlichen Gebäude überreicht bekam. Na-türlich hätte ich mein Diplom auch im feierlichen Rah-men bei der offiziellen Abschlussfeier in Empfangen nehmen können. Nur kannte ich niemanden mehr und fühlte mich schon lange nicht mehr als Studentin. Ge-trieben von der Sehnsucht nach Italien, war ich in mei-ner Anfangszeit in einem so rasanten Tempo durch das Studium galoppiert, dass ich viele Kommilitonen über-holte hatte. Später wiederum hatten mich meine Jahre im Ausland so weit zurückgeworfen, dass ich kaum noch ein bekanntes Gesicht auf dem Campus erblickte. Mit stolzem Lächeln wischte ich mir den Regen aus dem Gesicht und steckte das wertvolle Dokument in meine Tasche. Ein wenig mehr Anerkennung als das genuschelte „Glückwunsch" einer Sekretärin hätte ich mir zum Abschluss schon gewünscht. Schließlich hatte ich mein Studium und allem voran meine Diplomarbeit mit Bravour bestanden. Etwas, mit dem nun wirklich niemand mehr gerechnet hatte. Am wenigsten ich selbst. Dank einer Bestätigung meiner alten Firma in Verona hatte man mir zwei Semester als Praktikum angerechnet, und die wenigen Prüfungen, für die ich immer wieder nach München gefahren war, reichten gerade mal so, dass man mich während der Italienjahre nicht hinausgeworfen hatte. Aufgrund einer, wie man mir sagte, nicht zu akzeptierenden Fächerkombination musste ich am Ende ein weiteres Semester Vorlesungen besuchen, konnte dann endlich die lange aufgeschobene Diplomarbeit schreiben und stand nun mit Abschluss und der Aussicht auf einen gut bezahlten Job ein wenig unschlüssig im Münchner Regen. Noch einmal schickte ich eine SMS an Micha und wartete, an der Bushaltestelle sitzend, ungeduldig auf eine Antwort. Als sie kam, lächelte ich „Auguri, Glückwunsch. Ich wusste, dass du es schaffst." Wenigstens einer hatte daran geglaubt. „Und die Amore", fuhr er mich neckend fort, „hast du die auch endlich in trockenen Tüchern?" Mein Lächeln erlosch. Nix mit Amore. Meine Liebelei hatte mich zwei Monate nach meiner Rückkehr mit einer anderen betrogen, und ich ärgerte mich, meine Wünsche nach einem festen Freund ausgerechnet an der Statue Julias gen Himmel geschickt zu haben. Eine Vierzehnjährige, die sich aus einer Verkettung unglücklicher Zufälle am Ende selbst erdolcht und neben ihrem toten Geliebten aus dem Leben scheidet, schien mir bei näherer Betrachtung doch nicht die richtige Ansprechpartnerin für eine funktionierende Beziehung zu sein. Ihr Ebenbild, das in München am alten Rathaus steht, strafte ich daher auch mit unverhohlener Verachtung und war im Allgemeinen nicht sonderlich gut auf Italien zu sprechen. Nicht, weil mich das Land meiner Träume enttäuscht hatte, sondern vielmehr, weil etwas zwischen uns stand, was ich nur schwer fassen konnte.

Verona ist nah. Mit dem Auto fünf Stunden. Nah genug für ein Wochenende, und perfekt gelegen, um dort die vielen zurückgelassenen Freunde zu besuchen. In den achtzehn Monaten seit meiner Rückkehr war ich nicht ein einziges Mal dort gewesen. Die Herzensheimat vor der Türe, hatte ich es vermieden, sie aufzusuchen, hatte die Bildbände „meiner" Stadt im Regal immer etwas nach hinten geschoben und alte Fotos im Karton ganz bewusst nicht angesehen. Verona war zu einem Standbild in einem Film geworden. Er stoppte vor eineinhalb Jahren, und ich traute mich nicht, auf die Playtaste zu drücken. Das letzte Bild des Films zeigte einen Balkon im Spätsommer. Zwei Balkone. Den meinen, und schräg darüber den von Micha. Meiner war leer. Ich war gerade ausgezogen. Auf dem seinen stand er. Rauchend und kopfschüttelnd, weil es schwer zu glauben war, dass ich Italien verließ und zurück nach

München ging. Kein Winken, weil wir uns ja wiedersehen würden. Ganz bald, auf dem oberen der Balkone. Ich hatte die Balkone und Micha nicht wiedergesehen.

Bei manchen Filmen enttäuscht mich das Ende. Es wäre besser gewesen, eine halbe Stunde vor dem Abspann zu pausieren und das Finale offen im Raum stehen zu lassen. Das Verona-Standbild ist ähnlich. Nicht mehr oft, aber doch noch regelmäßig dachte ich an meinen übereilten Abschied. Sinnlos, sich darüber zu grämen, und sinnlos, sich zu fragen, was hätte sein können, wenn ich in Italien geblieben wäre. Es war aussichtslos, darauf eine Antwort zu bekommen. Wir hingen fest. Verona und ich. Irgendwo in meinem Magen war eine unverdaute Brioche, die mich mit schmerzhafter Sehnsucht an die Stadt denken ließ. So oft wollte ich zurück, wollte sie riechen, hören und für ein paar Tage eintauchen. Ich tat es nie, weil der Film längst überholt war. Mittlerweile gehörte einer der Balkone längst zu einem anderen Menschen, und ich scheute mich davor, unter ihm zu stehen und mich zu fragen, ob meine Entscheidung die richtige gewesen war. Ich hatte das Kino vor dem Abspann verlassen, und niemand war im Foyer, der mir etwas über das Ende erzählen konnte.

Micha kannte das Standbild meines Filmes. Er war ein Teil davon, und weder er noch ich hatten uns getraut, die Frage, ob ich nach Beendigung meines Studiums nach Verona zurückkehren würde, laut auszusprechen. Nicht an meinem letzten Tag in Verona und nicht nach Erhalt meines Diploms. Wir wussten beide, dass es nicht leicht war, die Zelte in einem Land abzubrechen und in einem anderen wieder aufzuschlagen. Obwohl ich mein Abenteuer nie bereut hatte, war ich der Neuanfänge und dem ständigen Pendeln zwischen den Ländern müde geworden. Fragten mich Freunde, ob ich irgendwann zurück nach Italien gehen würde, zuckte ich lachend mit den Schultern. Vielleicht in vierzig Jahren, wenn ich in Rente bin, sagte ich dann und verschwieg, dass sich mein Magen bei der Vorstellung einer so langen Zeitspanne unangenehm zusammenzog. Befand ich mich in so einem Moment in der Nähe der Münchner Julia-Statue, ging ich an ihr vorbei und bat darum, dass sie sich doch bitte in ihre Heimatstadt verziehen und mich in Ruhe lassen sollte. Wie, bitte, so fragte ich, sollte ein Mensch in seiner alten Heimat wieder Fuß fassen, wenn einen doch alles an die zweite erinnerte? Ich versuchte zu akzeptieren, dass ich wohl immer Italien vermissen und nie alle meine Lieben diesund jenseits der Alpen um mich haben würde.

Nix mit Vernunft

Es war ein kühler Abend im März, als Micha mir eine SMS schrieb und mir mitteilte, dass er lange genug gewartet habe und ich nun endlich meinen Krempel aus seinem Keller räumen müsse. Die Kommode meiner Großmutter, die bei meinem Umzug nicht mehr in mein Auto gepasst hatte, würde zu viel Platz in Anspruch nehmen. Im Radio, das ich noch immer auf die Frequenz von Radio Verona eingestellt hatte, lief ein Lied von Vasco Rossi, und auf dem Herd blubberte der Kaffee in meiner, in Mailand gekauften, Bialetti. Beides war die angemessene Dosis Italien, die ich brauchte und die mir guttat. Ein Mehr in Form eines Besuches in meiner alten Stadt war unnötig und barg noch immer das Risiko, mit altbekannter Sehnsucht nach München zurückzukehren. „Schieb's zur Seite", antwortete ich zwischen zwei Schlucken Kaffee und tat das Gleiche mit dem Gedanken an Verona und dem Wissen, dass es dort bereits frühlingshaft warm war. Ich musste mich auf die vor mir liegenden Wohnungsannoncen in der Zeitung konzentrieren. Die WG, in der ich wohnte, begann sich aufzulösen, und es war an der Zeit, sich eine eigene Wohnung zu suchen. Nicht ganz freiwillig, wie ich zugeben musste. Nach monatelanger Dauerbeschallung durch italienische Radiosender in

Küche und Bad, meinem als grenzwertig bezeichneten Musikgeschmack und der einmal zu oft erfolgten Umstellung der Wiedergabesprache unseres gemeinsam genutzten Netflix-Accounts erklärte mein Mitbewohner unsere WG für nicht mehr tragbar. Für ihn. Es wäre besser, wenn einer auszog. Am besten ich. Nicht nur wegen der Musik und dem beständigen Italienisch. Ich sei außerdem ein Nervenbündel, das nicht ruhig sitzen konnte und ständig mit den Füßen wippte. Stand er neben mir, so hätte er immer das Gefühl, ich sei auf dem Sprung. Ich würde ihn nervös machen, und es sei besser, wenn ich mir eine eigene Wohnung suchen würde. Auch wenn der Kaffee, den ich machte, wirklich gut sei, er selten eine bessere Tomatensauce und ganz sicher noch nie einen besseren Auberginenauflauf gegessen hatte … es funktionierte einfach nicht.

„Schieb's zur Seite? Du machst es dir ja einfach." Als Micha mich wenig später anrief, hatte ich schlechte Laune. Dass bei ihm im Hintergrund fröhliches Stimmengewirr und Gläserklirren zu hören war, machte es nicht besser. Es wunderte mich nicht, dass er unterwegs war. Kurz nach sieben Uhr an einem Freitagabend, da war die ganze Stadt, egal ob Jung oder Alt, unterwegs und traf sich in den Bars auf einen Aperitif. Und wer zu Hause blieb, der war ganz sicher nicht allein. In München war es früher nicht anders gewesen. Aber jetzt hatten fast alle meiner Freunde einen Partner, mit dem sie die Zweisamkeit nach den Jahren der Partys genossen. Sie waren aus den WGs in der Innenstadt in ruhigere

Viertel gezogen oder lebten in Wohnungen, die genügend Platz für potentiellen Nachwuchs bereithielten. Es war stiller geworden. Verabredungen traf man nicht mehr spontan, sondern plante sie von langer Hand und verlegte sie, seit die ersten Kinder auf die Welt gekommen waren, immer öfter auf den Nachmittag und nicht mehr auf den Abend. Man war vernünftig geworden. Die Prioritäten meiner Freunde hatten sich während meiner Abwesenheit geändert, und an manchen Tagen kam ich mir in meiner alten Heimat fremder vor als anfangs in Italien. Trübsinnig lauschte ich Micha, der mir von einer neu eröffneten Bar erzählte und mich noch einmal bat, seinen Keller leerzuräumen.

Es war meiner Melancholie geschuldet, dass ich seine Bitte, mein Gerümpel, wie er es nannte, abzuholen, an diesem Abend tatsächlich in Erwägung zog. Der Melancholie und der unverhohlen ausgesprochenen Drohung wegen, das schöne Stück sonst kurzerhand auf den Sperrmüll zu werfen. Durch das Telefon hörte ich Micha lachen, und während ich dem italienischen Stimmengewirr im Hintergrund lauschte, kroch ich unter das Bett, um meine alten Reisetasche zu holen. Sie, die mich während der Jahre des Pendelns begleitet hatte, roch noch immer nach dem Meer, und aus der Seitentasche rieselte ein wenig Sand. Wehmütig dachte ich an früher, als ich es als völlig normal empfunden hatte, an einem Freitagabend spontan nach Italien zu fahren. Mein Magen zog sich zusammen, als ich das fast schon vergessene, aber noch immer vertraute Gefühl der Sehnsucht bei diesem Gedanken verspürte. Einen Moment saß ich still vor dem Bett und stand dann mit der Tasche unter dem Arm auf. Micha plauderte belangloses Zeug, als ich begann, wahllos einige Kleidungsstücke zusammenzusuchen. Mit dem Telefon in der Hand ging ich ins Badezimmer. Für ein Wochenende brauchte man nicht viel. Zahnbürste, ein wenig Make-up und ein Deo. Während ich in meine Schuhe schlüpfte und mir die Haare zusammenband begann ich zu lachen. „Du hast gewonnen. Ich hole mein Zeug. Um Mitternacht bin ich da", unterbrach ich Michas Erzählung abrupt und öffnete die Wohnungstüre. München mit all seiner Vernunft und den blöden Pärchen konnte mich mal. Für mindestens 48 Stunden wollte ich davon nichts mehr sehen und nichts mehr hören. „Ich komme!", wiederholte ich und zog die Türe hinter mir ins Schloss. Bevor ich auflegte, drohte Micha noch, mir den Hals umzudrehen, falls meine Ankündigung ein Witz gewesen sein sollte. Nein, kein Witz. Ich wollte und ich musste nach Verona, sonst würde ich ersticken!

An der Raststätte der Europabrücke hielt ich das erste Mal an. Ich musste tanken und meinen Eltern beichten, dass ich ihr Auto für einen spontanen Ausflug nach Italien aus der Garage entführt hatte. Micha schickte ich ein Foto von der Aussicht, und nur weil es mir zu albern und zu sentimental erschien, schrieb ich ihm nicht, dass ich glaubte, Italien bereits riechen zu können. Als ich gerade wieder loswollte, war er es, der mich fragte: „Und? Riechst du es schon? Italien?" Fast hätte ich bei so viel Gleichklang geheult. Am Brenner an der Grenze zu Italien machte ich eine Pause und trank einen Espresso. Jetzt roch es wirklich nach Italien. Die letzten Kilometer nach Verona fuhr ich ohne Pause.

Micha nahm mich in der Innenstadt in Empfang. Ich hörte ihn, noch bevor ich ihn sah. Hier könne ich unmöglich parken, schrie er und verstummte, als ich ihm vor Freude kreischend um den Hals fiel. Minutenlang ließ ich ihn nicht los und forderte dann sofort und ohne Aufschub einen Drink. Noch nie war ich eine so lange Strecke allein mit dem Auto gefahren, und selten zuvor hatte mich meine Spontanität so glücklich gemacht. Binnen Sekunden tauchte ich in mein altes Leben ein und fand mich in einer zum Bersten gefüllten Bar wieder. Es war eine der schönsten Nächte, die ich in dieser Stadt erlebt hatte. Nichts in dieser Nacht war vernünftig, aber alles wunderschön. Auch dann noch, als wir im Morgengrauen übermüdet und etwas betrunken vor die Tür traten. Das Auto meiner Eltern war weg. Man hatte es abgeschleppt.

Wenn es hakt, dann hakt es.

Am nächsten Tag wachte ich mit einem Lächeln auf den Lippen auf. Das Gefühl, nach langer Zeit wieder in Verona zu sein, war überwältigend. Verkatert und müde, aber mit einer lang vermissten Leichtigkeit in den Gliedern stand ich auf Michas Balkon und blickte auf meine alte Nachbarschaft. Nichts hatte sich verändert, und doch war das Gefühl ein anderes. Ich war nur zu Besuch, und leichte Wehmut mischte sich unter das fröhliche Lachen, mit dem ich Micha einen guten Morgen wünschte. Auf den angebotenen Kaffee verzichtete ich. Die Sonne strahlte, und ich hatte mir fest vorgenommen, das Wetter zu nutzen und durch mein altes Viertel zu schlendern. Den Kaffee konnte ich unterwegs trinken. Micha schüttelte gähnend den Kopf und erinnerte mich daran, dass ich zunächst das Auto meine Eltern abholen musste, bevor der Autohof für das restliche Wochenende schloss. Mit einem herzhaften „Verdammt!" verabschiedete ich mich vom Gedanken eines Stadtbummels und zog mich an. Es war eine Sache, sich das Auto seiner Eltern für ein Wochenende auszuleihen. Ihnen beichten zu müssen, dass es bis Montagnachmittag unerreichbar und damit weitere zwei Tage nicht zurückgebracht werden konnte, eine andere, weit hässlichere.

Eine weitere, nicht minder unschöne Geschichte ist es auch, italienischen Beamten zu erklären, dass man gerne das auberginefarbene Auto abholen würde, von dem man behauptete, dass es den Eltern gehöre, dies aber nicht mit einem Fahrzeugschein beweisen konnte. Unangenehm auch, wenn man aus nostalgischen Gründen noch immer die italienische Steuernummer im Geldbeutel mit sich trug, den deutschen Ausweis und Führerschein aber, in einem Anflug von Idiotismus, in einer Schachtel mit der Aufschrift „Wichtig" in München deponiert hatte. Ich forderte, bettelte und flehte in meinem besten Italienisch und mit meinem strahlendsten Lächeln – ohne Erfolg. Erst diskutierte ich, dann argumentierte ich und schließlich resignierte ich. Micha hatte mich stumm beobachtet. Erst als ich Luft holte, um einen zweiten Anlauf an Überzeugungsarbeit zu leisten, legte er mir eine Hand auf die Schulter und übernahm. Er erweiterte unsere um das Auto kämpfende Gruppe um zwei besonders engagierte Mitspieler – meine Eltern. Während er meine Mutter telefonisch bat, die Fahrzeugpapiere in einem Copyshop zu fotokopieren und an den Autohof zu faxen, schickte er mich einen Kaffee holen. Und während ich ihn trank, diktierte er meinem Vater eine auf ihn lautende Vollmacht, die ebenfalls gefaxt werden musste. Ich bewunderte seine Ruhe und hätte ihn gerne dafür gelobt, hätte ich nicht gewusst, dass Ruhe bei Micha nur selten ein gutes Zeichen war. Mit jeder Minute, die verstrich, sank seine Stimmung. Trotzdem kam ich nicht umhin, ihm zu versichern, dass sein Delegationstalent erstaunlich sei und er es sicher auch schaffen würde, meinen Mitbewohner in München dazu zu bewegen, mir meinen Ausweis vorbeizubringen. Während ich fröhlich gluckste, beglückwünschte Micha mich grimmig. Binnen gerade einmal zwölf Stunden sei dank mir wieder das Chaos ausgebrochen. Etwas, worauf er müde und noch immer verkatert gerne verzichtet hätte. Sein ernster Blick ließ mich verstummen, und schweigend warteten wir auf die Faxe aus München. Als sie endlich kamen, nahm er mir wortlos die Autoschlüssel aus der Hand. Auf keinen Fall würde er mich fahren lassen, das würden seine Nerven heute nicht aushalten. Ich entschuldigte mich bei ihm und stellte ein wenig geknickt in Aussicht, dass ich morgen ja wieder zurückfahren und dann die Ruhe wieder einkehren würde. Als er mit einem knappen „Vielleicht besser so" antwortete, sagte ich nichts mehr.

Wenn es hakt, dann hakt es. Eine Stunde später war ich nicht mehr geknickt, sondern wütend. Mich wegen eines vergessenen Fahrzeugbriefes und einer nicht abgeholten Kommode anmotzen, aber selbst das ganze Leben auf einen Haufen schmeißen! Michas Keller, in den er mich zum Holen der Kommode geschickt hatte, machte mich wütend. Das Chaos, von dem er behauptete, dass ich es verursachte, war nichts gegen die Ansammlung an Kartons, Kisten und alten Möbelstücken, vor denen ich am frühen Samstagnachmittag stand. Längst wollte ich zu einem Spaziergang durch die Stadt aufgebrochen sein und stand jetzt zwischen den Ausläufern des ausgemusterten Lebens meines besten Freundes, um die Reste des meinen einzusammeln. Vor Anstrengung keuchend, arbeitete ich mich in die hinterste Ecke, in der ich einen Karton mit meinen verschollenen Christbaumkugeln vermutete. Micha hatte sie sicher längst vergessen, aber die Vorstellung, dass er sich doch erinnerte und ich mich ein zweites Mal durch dieses Chaos arbeiten musste, ließ mich weitersuchen. Mittlerweile blockierte ich die Treppe und den Zugang zu den anderen Abteilen mit Kisten, einem Fahrrad und der alten Kommode meiner Großmutter. „Entschuldigung!", rief ich präventiv, als ich die Kellertüre ins Schloss fallen hörte und hoffte, dass es sich bei dem Ankömmling um Micha oder wenigstens einen halbwegs sportlichen Menschen und nicht um die alte, giftige Frau aus dem Erdgeschoss handelte. Ob er oder sie darüberklettern könne, fragte ich über die Schulter rufend und wischte mir die staubigen Hände an der Hose ab. Im Aufrichten stieß ich mit den Ellbogen gegen einen wackligen Kartonturm in meinem Rücken. Das Klirren und Scheppern war eindeutig – die Kugeln waren also doch in einem der ersten Kartons gewesen. In einem anderen, dem obersten des von mir errichteten Turms, Drucker und Bildschirm von Michas Computer. Das, was ich in den nächsten Sekunden durch den düsteren Keller schrie, war so derb und so umgangssprachlich, dass meinen früheren Kollegen die Ohren geklungen haben müssen. Längst hatte ich mir den ungehobelten Slang der LKW-Fahrer abgewöhnt. Zerbrachen in meinem Rücken aber achtzig über die Jahre gesammelte Christbaumkugeln, dann kam er ungefiltert wieder hervor.

Es war einer jener Momente, in denen Micha mich nur kopfschüttelnd ansah und vermutlich an meinem Verstand zweifelte. Als er sich verabschiedet hatte, um einen Bekannten zu bitten, uns mit der Kommode zu helfen, war ich frisch geduscht, geschminkt und mit einer Tasse Kaffee in der Hand auf seinem Sofa gesessen. Jetzt stand ich verschwitzt, zerzaust und dreckig inmitten eines Scherbenhaufens und brüllte unflätige Schimpfworte durch den Keller. In seinen Augen sah ich, dass er mit dem Gedanken spielte, zu behaupten, mich nicht zu kennen. Nur mit großer Willenskraft schaffte er es, mich als eine gute Freundin vorzustellen. Eine, die sonst weniger dreckig und weniger ordinär war. Sein Bekannter lachte, und Micha und ich hätten es auch getan, wenn wir nicht einen der wenigen Momente durchlebt hätten, in denen die Zahnräder unserer Freundschaft nicht richtig ineinandergreifen wollten. Chaos hin oder her, ich verstand seine schlechte Laune nicht und wünschte mir, dass er sich nach all den Monaten mehr über meinen Besuch gefreut hätte. Schweigend räumten wir die Kartons wieder in den Keller, und während die Männer meine Kommode in das Auto meiner Eltern hievten, trug ich den Elektromüll zu Michas Auto, damit wir ihn entsorgen konnten. Ich verabschiedete mich bei unserer Hilfe und versprach, ihn zum Dank vor meiner Abreise noch zum Essen einzuladen. Ohne ihn, brummte Micha, er hätte am Abend keine Zeit. Zwischen uns hakte es wirklich gewaltig. Eine so schlechte Stimmung hatte das letzte Mal vor vielen Jahren zwischen uns gehangen. Damals waren wir auf Elba gewesen, und eine tote Taube hatte uns gerettet. Die Tauben in Verona waren quicklebendig, und keine von ihnen dachte daran, sich für uns zu opfern.

Stadtrundfahrt ans Meer

Wenn es zwischen zwei Menschen, die sich gernhaben, so hakt und knirscht, dann liegt es oft daran, dass sie das, was sie eigentlich sagen und fragen möchten, nicht aussprechen können oder wollen. An solchen Tagen erinnerte Micha mich an meinen Vater. Beide verstummten, wenn sie etwas hart traf und ihnen die Worte fehlten. Dann schwiegen sie, und wenn sie doch etwas sagten, dann setzten sie zu verbalen Rundumschlägen an. In solchen Momenten war es besser, sie in Ruhe zu lassen und zu warten, bis sie von selbst anfingen zu reden. Micha ließ sich Zeit und begann erst damit, als wir den Wertstoffhof wieder verließen. An der ersten Ampel murmelte er eine Entschuldigung für das „Vielleicht besser so". An der zweiten sagte er mir, dass er mein Chaos vermissen würde und dass es schön sei, dass ich ihn endlich besuchte. Er hätte lange darauf gewartet und sich gewünscht, dass ich eher gekommen wäre. Als er an der dritten Ampel abbremste, sah er mich das erste Mal seit einer guten Stunde wieder an und parkte das Auto, als es grün wurde, am Straßenrand. Eine halbe Zigarettenlänge sagte er nichts und strich sich dann mit beiden Händen die Haare aus dem Gesicht, bevor er er-

184

neut ansetzte. Diesmal sagte er mehr. Dass es nicht in Ordnung gewesen sei, dass ich so schnell wieder zurück nach München gegangen war. Nicht wegen der Kommode, die ich bei ihm gelassen hatte, sondern weil ich so überstürzt aufgebrochen war. Das mit dem Studium verstand er, auch, dass ich verliebt gewesen war, nicht aber, dass ich nicht mit ihm gesprochen und ihm meine Entscheidung erst mitgeteilt hatte, als sie bereits feststand. Er war sich sicher gewesen, dass ich bleiben oder zurückkommen würde. Allein schon, weil ich nie etwas Gegenteiliges hatte verlauten lassen. Und wenn schon nicht das, fuhr er fort, dann hätte er sich wenigstens jetzt eine klare Aussage gewünscht. Zum ersten Mal sprach er aus, was ich geahnt hatte. Mit meinem Fortgang hatte ich ihn vor den Kopf gestoßen, mehr verletzt, als er zugab und auch jetzt noch nicht zugeben wollte. Er schüttelte den Kopf, als ich etwas erwidern wollte und ließ den Motor an. Bevor er den Blinker setzte, sah er mich noch einmal an, nahm kurz meine Hand und murmelte ein „Passt schon."

Michas und meine Freundschaft war an diesem Samstag nicht gefährdet. Nicht wegen eines abgeschleppten Autos, nicht wegen eines unaufgeräumten Kellers und auch nicht wegen eines Schwalls derber Schimpfworte. Solche Dinge rüttelten nicht einmal am Fundament dessen, was uns verband. Trotzdem passte es, wie Micha behauptete, nicht, als er sich wieder in den Verkehr einfädelte. Es war besser, aber wirklich gut war es noch nicht. Auf die Stadtrundfahrt, die Micha vorschlug, freute ich mich dennoch. Ich genoss die Fahrt und ließ mir die Frühlingsluft durch das offene Fenster ins Gesicht wehen. Als wir an meiner ersten Wohnung vorbeikamen, stieß Micha mich leicht an und murmelte schmunzelnd: „Chaotische Klette". So hatte er mich am Tag meiner Ankunft in Verona genannt, und ich konterte wie damals mit „Feiger Arsch!", ihn an eine Jahre zurückliegende SMS erinnernd. Hier dürfe man nicht parken, sagte ich lachend, als wir an einer Behörde vorbeifuhren. und er, dass mich das doch noch nie interessiert habe. Wir passierten die Bushaltestelle, an der ich früher jeden Morgen gesessen, und auch die Bar, in der ich Tag für Tag meinen Kaffee getrunken hatte. Jede Ecke der Stadt war mir noch vertraut, und ich bat Micha, an der Arena vorbeizufahren. Er tat es leise lachend, und ich erinnerte mich an die vielen Besuche aus München, die ich dort empfangen und mit denen ich so viele Abende auf den Bänken rund um das Theater verbracht hatte. Auch Micha erinnerte sich und wusste, welche Stellen der Stadt ich mit besonders vielen oder besonders schönen Erinnerungen verband. An allen fuhr er an diesem Nachmittag vorbei. Für einen Außenstehenden hätte unsere Fahrt ziellos und konfus gewirkt, für mich aber war es ein Wiedersehen mit einer Stadt, deren Straßen und Gassen mir bis ins Mark hinein vertraut waren. Hätte mich in diesem Moment jemand angerufen und gefragt, wo ich gerade sei, dann hätte ich ohne zu zögern „zu Hause" geantwortet. Denn das war Verona, das Zuhause meines Herzens. Wie sehr ich es vermisst hatte, begann ich erst während dieser stillen und ungewöhnlichen Stadtrundfahrt zu begreifen.

Als Micha in die kleine Straße, die zu seiner Wohnung führte, einbog, holte ich eine alte CD von Luca Carboni, die ich in seinem Keller gefunden hatte, aus meiner Tasche und legte sie ein. Ich wählte den achten Titel, lehnte mich zurück und schloss die Augen. Es dauerte einen Moment, bis Micha verstand. „Ernsthaft?“, fragte er, und als ich nickte, gab er Gas. Im Rückspiegel sah ich das Haus, das früher das unsere gewesen war, kleiner werden, und als es verschwand, lächelte ich. Der achte Titel der CD lautete „Mare, Mare“. Und nur ein guter, ein wirklich sehr guter Freund versteht, dass es Momente gibt, in denen man genau dorthin muss. Ans Meer. Hätten wir die letzte Fähre noch erreicht, wären Micha und ich an diesem Nachmittag vielleicht sogar bis nach Elba gefahren. Wir schafften es bis nach Genua, und dort stellte Micha endlich die letzte Frage, die noch zwischen uns hing und unbeantwortet war: „Kommst du zurück?“

Bis weit nach Sonnenuntergang saß ich am Abend am Strand und wartete darauf, dass mich das gleichmäßige Rauschen des Meeres zur Ruhe kommen lassen würde. Als sich der ersehnte Effekt nicht einstellte, begann ich, zapplig und fahrig am Strand auf und ab zu laufen, und suchte stundenlang nach einem immer wieder anderen und passenderen Stein, den ich am nächsten Tag nach München mitnehmen wollte. Während ich suchte, saß Micha ruhig auf einem Mauervorsprung und beobachtete mich. Als er mir im Morgengrauen einen Arm um die Schultern legte und daran erinnerte, dass wir zurück nach Verona mussten, hatte ich mich noch immer nicht für einen Stein entschieden, war todmüde und zugleich aufgekratzt. Die Rückfahrt verbrachte ich schlafend auf der Rückbank und dachte mit Grauen an die 450 Kilometer, die ich später noch allein zurück nach München fahren musste.

Warum eigentlich nicht?

Als ich Sonntagabend noch immer angespannt und unruhig aufbrach, um das Auto meiner Eltern pünktlich vor deren Arbeitsbeginn am nächsten Tag zurückzubringen, fiel mir der Abschied von Micha ungewohnt leicht. Ich bedankte mich für die schönen Tage, umarmte ihn lange und versprach, mich zu melden, sobald ich München erreicht hatte. Auch Micha verabschiedete sich ohne große Gesten oder Worte. „Wir sehen uns", sagte er und verdrehte grinsend die Augen, als ich umständlich in der engen Gasse seines Hauses ausparkte. Auf den Straßen war wenig los, und trotzdem war ich erleichtert, als ich die Autobahn erreichte und dem italienischen Verkehr entkam. Auch wenn ich über das Drama des abgeschleppten Autos schon wieder lachen konnte, für die nächste Zeit legte ich keinen Wert auf weitere Zusammenstöße mit Polizei oder Behörden. An einem Parkplatz kurz vor der österreichischen Grenze hielt ich an, um mir die Füße zu vertreten. Das Rumpeln der Kommode im Kofferraum ging mir auf die Nerven, und der wenige Schlaf des Wochenendes steckte mir in den Gliedern. Es war kalt, als ich ausstieg, und ich ging fröstelnd auf und ab, um wieder wacher zu werden. Mit klammen Fingern hielt ich das Handy ans Ohr, um eine Sprachnachricht von Micha abzuhören.

Sie enthielt keine Worte. Sie enthielt etwas viel Schöneres und ganz Wunderbares. Auf einem Parkplatz mitten in den Alpen hörte ich plötzlich das Rauschen des Meeres. Micha hatte es bei Genua für mich aufgenommen und mir jetzt geschickt. Ich lächelte und war kein bisschen mehr müde.

Wann trifft man eine Entscheidung? Wenn man sie laut und deutlich ausspricht, oder schon in dem kurzen Augenblick, in dem man eine Möglichkeit das erste Mal in Erwägung zieht? Trifft man sie spontan oder doch schon lange, bevor man sich überhaupt eingesteht, daran gedacht zu haben? Heute, viele Jahre später, bin ich mir sicher, dass ich die Antwort auf Michas Frage, ob ich zurückkommen würde, schon wusste, als Micha sie mir am Meer bei Genua gestellt hatte. Bewusst wurde es mir erst, als ich übermüdet und vor Kälte mit den Zähnen klappernd auf einem einsamen Parkplatz hoch in den Bergen stand. Lange hörte ich den Wellen zu, und während ich ihnen lauschte, wurde mir warm, und ich spürte es wieder. Das leichte Ziehen im Magen. Das Kribbeln im Bauch bei dem Gedanken, jetzt einfach umzudrehen. Wie früher, wenn der Zug am Brenner stehen blieb, warf ich einen Blick zurück nach Italien und kostete das Gefühl der schmerzhaften und zugleich schönen Sehnsucht aus. Minutenlang hörte ich mir die Wellen an und stand unschlüssig auf dem Parkplatz, während auf der Autobahn der Verkehr an mir vorbeibrauste. „Warum eigentlich nicht?", murmelte ich mit Herzklopfen, und plötzlich, von einem Atemzug auf den anderen, war es ganz leicht. Noch einmal hörte ich mir das Meeresrauschen an, und dann endlich wurde ich ruhig. „Ich komme zurück", schrieb ich Micha. Drei Worte, die Abschied, Neuanfang und Versprechen zugleich waren. Seine Antwort war knapp: „Ich weiß. Aber erst die Kommode wegbringen!!!"

Nie werde ich die Fahrt der restlichen 200 Kilometer bis nach München vergessen. Nie zuvor und nie danach dachte ich an so viele Dinge gleichzeitig wie in diesen Stunden. Natürlich würde ich zurück nach Verona und zu Micha gehen. Warum auch nicht? Ich war vor achtzehn Monaten nicht für immer nach München zurückgegangen. Ich war gegangen, um mein Studium zu beenden und einer möglichen Liebe eine Chance zu geben. Eines war geglückt, das andere nicht. So ist das Leben. Unberechenbar und überraschend. Ich war frei, und niemand hielt mich davon ab, noch einmal den Sprung über die Alpen zu wagen. Es war nicht Italien, das hinter mir lag, sondern Deutschland. Tief im Inneren hatte ich es womöglich immer gewusst. Geahnt, dass es vernünftig war, das Studium zu beenden, aber sinnlos, wieder am alten Leben anknüpfen zu wollen. München war meine Heimat, aber längst nicht mehr mein Lebensmittelpunkt. Vom ersten Besuch auf Elba bis zu meiner Rückkehr nach München waren fast fünf Jahre vergangen. Fünf Jahre, in denen die Welt sich weitergedreht hatte. Die meiner Freunde, aber auch die meine. Für eine dauerhafte Rückkehr nach Deutschland war ich zu lange fort gewesen. Meine Gedanken überschlugen sich, und doch waren sie klar und ohne jeden Zweifel. Es war an der Zeit, zurückzugehen. Zurück nach Italien.

Alles, was danach kam, ist schnell erzählt. Zurück in München schrieb ich die Zahlen von eins bis neunzig auf ein Blatt Papier und hängte es gut sichtbar neben meinem Bett auf. Drei Monate betrug die Kündigungsfrist meiner Anstellung in München, und drei Monate waren genug Zeit, den erneuten Umzug nach Italien vorzubereiten. Sicher, man hätte ein wenig mehr planen und hätte das ein oder andere im Vorfeld klären können. Aber wo liegt der Spaß einer Auswanderung, wenn sie keinem Abenteuer mehr gleicht? Ich erspare es Ihnen, von erneuten Behördengängen, Wohnungsbesichtigungen und Vorstellungsgesprächen zu berichten. Es war viel einfacher als das erste Mal, strapazierte aber auch diesmal meine Nerven. Meine und die von Micha. Er gibt es nicht zu, aber ohne mein Chaos würde ihm etwas fehlen, und ohne mein ständiges Geplapper wäre es ihm ganz sicher viel zu ruhig. Wenn ich Micha frage, ob die Kommode meiner Großmutter ein Vorwand war, um mich zu einem Besuch und einer Rückkehr zu überreden, dann zuckt er die Schultern und sagt, dass persönliche Entscheidungen nie von einem anderen getroffen werden können. Und falls Sie sich die gleiche Frage wie viele unserer Freunde stellten … Nein, wir sind kein Paar mehr geworden. Meine Rückkehr nach Verona hatte weniger mit ihm zu tun, als meine Freunde und meine Familie vermuteten. Unsere Freundschaft ist stabil genug, um räumliche und zeitliche Distanz zu überstehen. Sie ist einer der wenigen Konstanten in meinem Leben, und ich weiß, dass sie mich für immer begleiten wird. Ich ging zurück, weil es die einzig richtige Entscheidung war. Ich war kein zweites Mal ins Ausland, ich war wieder nach Hause, nach Italien, gegangen. Ich tat es, weil ich eine unstillbare Sehnsucht im Herzen trug, seit ich den Rücklichtern von Michas Auto hinterhergeblickt hatte. Ich war an den Ort zurückgekehrt, an dem ich wirklich glücklich war. Sogar mit der Statue Julias habe ich mich versöhnt und strecke ihr im Vorbeigehen manchmal heimlich die Zunge heraus. Nicht, weil ich nicht an die Liebe glaube, sondern weil ich sicher bin, dass sie kommen wird.

München trage ich im Herzen mit mir, und ihm verdanke ich es, dass mich die Sehnsucht noch immer begleitet. An manchen Tagen stehe ich in Verona, und plötzlich vermisse ich meine Eltern oder meine Freunde in München. Dann zieht es im Magen. Leicht nur, aber doch deutlich spürbar. Es ist der Preis für das Leben in einem anderen Land. Ein Preis, den ich zu zahlen bereit bin, seit ich gelernt habe, dass Freundschaften und Familie durch ein Band verbunden werden, das stark und dehnbar ist. Ich werde für den Rest meines Lebens pendeln. Besuchen, begrüßen und wieder verabschieden. Meine Heimat ist Deutschland, zu Hause aber bin ich in Italien, und dort lebe ich. Viele meiner Freundschaften dies- und jenseits der Alpen haben überdauert. Diese Freundschaften waren den Preis der

Abschiede wert. Jede einzelne Umarmung glich das Winken zum Abschied dutzendfach aus. Von all den Freunden, die ich habe, ist Micha noch immer der wichtigste. Er ist mein Herzensmensch. Er hat mir gezeigt, dass man manchmal einfach springen muss. Ins kalte Wasser, über den eigenen Schatten und über die Alpen. Dorthin, wo das Herz schlägt.

Ende

Mitzi Irsaj

Foto: Oliver Metzner

Mitzi Irsaj ist eine Münchner Autorin, Bloggerin und leidenschaftliche Geschichtenerzählerin.
Seit Anfang 2015 veröffentlicht sie ihre Erzählungen auf dem gleichnamigen Blog und liest regelmäßig vor Publikum aus ihren Büchern.
Im Mai 2017 erschien „Mitzi aus dem Vorderhaus, 2. Stock", im März 2019 „Neues aus dem Vorderhaus". Mit dem zuletzt erschienen Buch „Nix mit Amore" verlässt sie erzählend die Münchner Nachbarschaft und entführt den Leser nach Italien.

Veranstaltungshinweise und aktuelle Informationen sind unter **www.mitziirsaj.com** zu finden.